七鐘湮滅 騎士之死

叩叩——著

忘見湖別墅室內簡圖

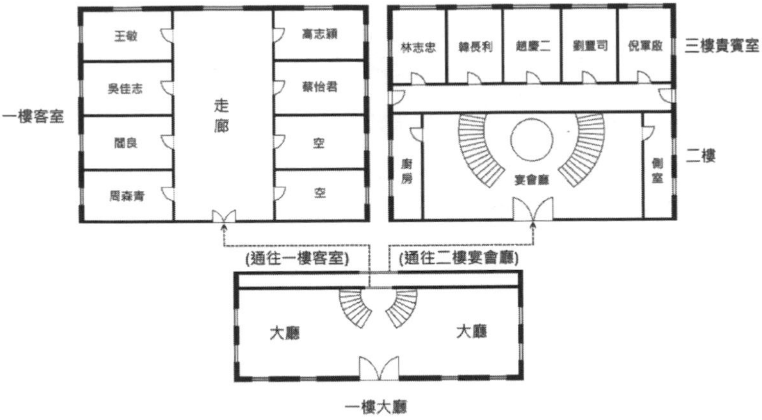
王敏
高志穎
吳佳志
蔡怡君
走廊
一樓客室
闞良
空
周森青
空
林志忠
韓長利
趙慶二
劉豐司
倪軍啟
三樓貴賓室
廚房
宴會廳
側室
二樓
(通往一樓客室)
(通往二樓宴會廳)
大廳
大廳
一樓大廳

閻良把看了快一半的釣魚雜誌甩到副駕駛座上，那裡放著小山似的書堆，差點就被他弄垮。他看手錶已經晚上十點多了。

「幹，他媽的真的見鬼了。」他對無線電說。

「阿良，走了啦，叫我車的人只要讓我等五分鐘我就不爽等了。」無線電傳出同行的聲音。

「對啦，阿良，小心是鬼叫車，你那邊很有可能欸。」另一個人說。

被他們這麼一說，閻良也毛起來。外頭全是密集的墓碑，車子就停在公墓旁邊，安靜得要命，沒有燈，月光又被擋在雲後，四周一片黑暗。突然旁邊傳出碰撞聲，閻良嚇得撞到車頂，一看才發現他的書堆崩塌了。各種〈世界奇觀〉、〈雨林動物圖鑑〉……之類的厚書跌得亂七八糟，仔細看還有不少小書，上面都印著「玉神蓮仙宗」的字樣。他嘖一聲把麥克風放回去，降下車窗一邊按住喇叭一邊對外大吼。

「幹，給我聽好，管你是人是鬼，要上車就趁現在。他媽的等你兩個小時……」閻良發動汽車，車燈立刻亮起。「老子不爽再等＊＊＊」

一名老婦人赫然出現在燈光裡，一聲不響地站在前方，閻良登時全身發麻。那婦人用手遮住燈光，慢慢走過來。閻良用力吞口水，下車替那婦人開車門。

「不好意思，讓你久等了。」婦人坐進後座。

閻良觀察婦人，年紀大約六十幾歲，戴著帽子身體瘦得要命，右眼下方有顆淚痣，看起來病懨懨的，但總該是活人。閻良替婦人關上車門時，看到她脖子有個十字架在晃動，閻良下意識地聳肩。

「麻煩到這個地址，你等的時間我會付錢。」婦人遞出一張紙條。

「哦……」閻良心中哼一聲，接過紙條駛出墓園。

一路上老婦人都沒有說話，但閻良不斷透過後視鏡打量婦人。

「我父親幾年前也走了，請節哀……」

「謝謝。」婦人微笑。

「你有……孫子嗎？」閻良問。

「嗯……有。」

「那可要注意了，不要讓小孩一直用手機還是電腦，現在網路上一堆垃圾資訊，假新聞啊、怎麼吸毒啊怎麼自殺都有，如果才剛要長大真的很不好。國外還有一種行業叫內容農場，就是專門出產這種東西來賺錢……」

閻良伸手在副駕駛座上摸索，他撥開印著〈玉神蓮仙宗〉的小冊子，拿起一本〈世界遺產全書〉遞給婦人。

「這本你看看。」

婦人用顫抖的手接過書，似乎頗有興趣，閻良見狀不禁嘴角上揚。

「我有個朋友，他自己也有兩個小孩，決定自費出版這些書來提供品質良好的資訊管道。這都是他每年出國參加書展挑回來的書，都是些真正的好書，現在全套賣只要……」

「啊……」婦人將書丟到一旁，雙手握緊心臟，五官皺在一起。「醫院……拜託……」

「靠……喂，還、還好吧？」閻良用力抓緊方向盤

他腦袋拚命思考前往醫院的路徑，同時不斷暗自咒罵。去他媽的，怎麼前輩說的傳說就這樣發生在自己身上？閻良拚死按喇叭不斷超越前車，幾乎讓他回憶起一、二十歲偷車、飆車的時候。現在他三十幾歲了，居然還開著當初自己認為不上道、不「自由」的四輪車。想到這裡他搖搖頭，大踩油門闖過一個紅燈，接著一路超車，喇叭從沒停過。

「快到了，再撐一下。」

閻良瞄著後視鏡喊，沒想到卻與婦人對上眼，瞬間他全身起了雞皮疙瘩。那名婦人不知何時坐得好好的，正靜靜透過後視鏡看著他，簡直就像觀察動物一樣。

「麻煩載我到剛剛給你的地址。」

「妳、妳……」

閻良急踩剎車，醫院招牌就在前方。

「我好很多了。」

「妳他媽……給我裝瘋啊？」

「我會付你錢。」

閻良皺眉看了婦人幾眼，沒好氣地倒車然後重重踩下油門。抵達婦人指定地點時已經超過晚上十二點了，閻良看著車窗外一排排的租借倉庫，又仔細看了手上紙條的地址，總覺得自己開錯路。

「謝謝你。」婦人掏出幾張千元鈔塞給閻良。

「呃……」

「不用找了。」

婦人直接開門離去，腳步蹣跚。閻良看著婦人消失在倉庫群中的背影，嘗試理解今晚發生的一切。

＊＊＊

「幹，完全無法理解，他媽的遇到這種瘋女人！」閻良吞下一大口啤酒。

「小心要把你騙到沒人的地方搶你，然後偷車加割腎臟啊，誰說沒可能？」一名捲髮的男人咬著肉串。

「媽的，看好。」閻良搖晃他的手機。「這是新手機，我把舊的塞在車子裡面，如果車子被幹走，我就追蹤那支手機然後他媽的殺回去。」

「最好你會用咧。」

「你幫我用啊。欸，幫我設定好。」閻良掏出一張紙。

「你都進『我們』這一行了，還把帳號密碼寫給別人？」

「快用！」

「幹，不然你上一支手機是誰幫你用的？」

「別吵，用就對了。」

「別再開計程車了啦。」捲髮男把手機拿起來按著。「不要騙我說你要找客戶，公司一堆東西可以賣你偏要賣書。不會去弄一套西裝來賣墓地或塔位哦？好賺太多倍了。」

「不了。」

闔良咬著串燒搖頭，捲髮男看到他這樣不禁翻了白眼。突然前方響起刺耳的搖滾樂，原來一群剛入座的年輕人正在用手機看影片，聲音顯然開到最大。

「聽好，公司鋪陳的大梗最近要上場了，我有三個客戶就快上鉤，只要新聞一出來，肯定連他們小孩的墓地都買了，勸你快把握時機。」

「這種東西我騙不來啦。」

「來，看好。」捲髮男從胸口拉出某種玉製的項鍊。「跑醫院這個可好用了。裡面有電池，只要這樣拿……」

捲髮男握著項鍊像是在祈禱一樣，搭配著後方越來越吵雜的電音很是滑稽，突然他的拳頭中竟發出光來。

「如何？」

「屁咧，誰信這個啊？」闔良揮手吐槽。

「你如果得了癌症沒錢用標靶藥，只能躺在床上等死，你就會信了啦。」

閻良沒有理會他，而是站起來拉張椅子甩到那群年輕人旁邊，硬是坐進桌裡，好像跟他們很熟一樣。但他沒有說話，就只是伸長頭專心看桌上的手機螢幕，那是一群長腿女人在跳舞的影片。那些染髮穿環的年輕女孩嫌惡地看著閻良，頻頻戳著自己男友。

「幹！你誰啊！可以不要再看了嗎？」一名金髮年輕人大喊。

「幹！那我可以不要再聽了嗎？」閻良大吼，一掌拍向桌子，震得手機從支架上滑落，突然失去聲音。

瞬間整間燒烤店安靜無比，接著客人的歡呼聲讓店裡再次吵雜起來。閻良慢慢走回桌上，又乾了一杯啤酒。

「何苦？這種沒有路用的小屁孩，你可以賣成功速成課還是健身器材給他們啊，騙他們說買了女人就來，隨便就可以賣出一套，這樣不就有新的釣竿了？」

「我不釣魚了啦。」

此時閻良手機響起，他將手機掏出來對著捲髮男晃一晃，然後按下通話鍵。

「喂？」

「我要包車。」手機另一頭傳來女性的聲音。

「哦？哪天？」

「下下禮拜一下午四點，兩個人。」

「沒問題，哪邊接你？」

「地址是K市C區四十四號。」

閻良掏出紙筆寫下。

「我們要到忘見湖參加一個聚會。」

「哦，忘見湖？」

「對，我們會那邊過一晚，隔天不知道何時離開，所以也會安排你的住宿，等於包兩天車。」

「哦，這樣好。」閻良掛掉電話，將寫下的地址用手機拍起來。

「包車再多天都賺不了錢啦。來，這個免費給你用。」他將脖子上的發光項鍊拿下來放在桌上。

「去你的……」

閻良凝視玉像眼神複雜。手機再次響起，閻良看一眼螢幕就皺起眉頭。

「抱歉，再接個電話。」

閻良往店門口走，不理會那群年輕人的凶惡目光，直直鑽進店門口旁邊的小巷子裡。

「有貨了。」

「真、真的？」閻良睜大雙眼。

「貨還要坐飛機，一堆人搶，訂金快吧。」

「拜託，等我，我想辦法籌給你。」

對方沒有回應直接將電話掛掉，閻良看著暗去的手機螢幕，手越握越緊。

＊＊＊

外頭下著雨，雷聲隆隆。黑暗中，一名年老的男人站在雜亂的房間裡，他東張西望似乎在找什麼。突然他衝到衣櫃前，將裡面的東西通通翻出來。雜物散落一地，他撿起一個大型旅行袋，把裡面的東西倒出來，然後手伸進床底下拼命摸索。終於他拿出一個精緻的餅乾盒，隨手丟進旅行袋裡衝出大門。外頭雨已經變小了，但雲層還是頗厚。他也不撐傘，手舉高著就往路上走，很久才有一輛計程車停下來。

「銀、銀行，快快。」老人跳進後座，抱緊旅行袋。

「哪間？」

「最、最近的，就那間。」

「Ｋ銀？」

「Ｋ銀……對，就那間。」

計程車司機收起狐疑的眼神，開往最近的銀行。眼前這名老先生頭髮幾乎全白了，長到蓋住眉毛，亂糟糟的又黏又膩。臉沒什麼血色，皺紋也一堆，還有不少老人斑。他低頭不斷摳手指，似乎在思考什麼，突然他抬起頭。

「欸？你是誰啊？要去哪？」老先生問。

「啊？」

「要去哪？」

「不是要去K銀，怎麼了哦？」

「啊……要去銀行啊……」

老先生又沒了聲息，計程車司機默默地加深油門，希望趕快將這位乘客送走。好在一路上他除了自言自語外，倒沒出現什麼大麻煩，順利抵達銀行。

「全部兩百九。」

「啊，哦？錢？」

老先生雙眼無神，慢條斯理地摸著口袋，彷彿才剛剛知道坐計程車要付錢。

「啊，這個？拿去。」老先生從口袋裡摸出一疊東西遞給司機，那竟然是一整疊捆綁好的千元鈔票。

「啊，銀行。啊啊！啊！」

老人一看到銀行就像發現新大陸一樣叫著，拿起旅行袋就跳下車。司機愣住好幾秒才追上去。

「喂，你瘋了哦！」

司機拉住老先生，將那疊錢還給他，但他卻沒有要接過的意思，而是一臉慌張，不斷往銀行那邊看去。司機沒有辦法，只好將鈔票塞進他的旅行袋裡再鬆手。老先生看到自由了，立刻拔腿往銀行衝去。司機看著他的背影，錯愕地不知道該如何反應。

＊＊＊

「我要領錢，要快。」老先生將提款單放在桌上，然後打開餅乾盒往前倒，各種存摺、印章、權狀頓時向山崩一樣散亂在桌上。

「這些您先收起來，嗯……周森青先生嗎？」女行員看著他提款單皺眉。「周先生，不好意思，請稍等一下。」

女行員小跑步到一名頭髮花白的男人旁，顯然是她的主管。兩人說幾句話後，主管便接過單據走過來。

「周先生，你是受到他人指使來提款的嗎？」

「不是，快點快點……」

「還是你或你的家人遭受威脅嗎？」

「沒、沒有……，沒有，可以快一點嗎？」

主管看了老先生一會兒，然後拿起桌上的電話。

「不好意思，請再稍等。」女行員微笑。

主管對著話筒低聲說幾句話，然後將單據交給女行員。她遲疑地坐下來開始蓋章。不久兩名警察走進來，主管立刻走上前去，警察聽完後走向那名老人。

「阿伯，請教一下，你最近有接到什麼奇怪的電話嗎？」警察問。

「啊！」周森青看到警察幾乎跳起來。

「你領這麼多現金，很危險欸。你家人應該都還好吧？」

「都好……」周森青說完又轉頭催促女行員。

兩名警察對視一眼，其中一名聳聳肩。

「阿伯，你是怎麼來的，搭車嗎？」

「對……」

「等等我們送你回去？」

周森青拼命搖頭。

「阿伯，建議你還是讓我們送比較好。」

周森青沒有說話，只是低著頭。

「周先生，這裡是您提領的一千萬。」主管拿著一個紙盒過來，裡頭全是一捆捆的現鈔。

「清點完畢後我會幫您用紙包……」

「不要！」

周森青將旅行袋打開，伸手要女行員將鈔票遞給他。主管看一眼警察，然後對女行員點頭。

周森青拿到現鈔後手一掃全倒進旅行袋，轉身就要走。

「阿伯，我送你回去啦，不然出事要找很麻煩。」警察立刻跟上。

雨幾乎停了，銀行外停著一台警車，有一個人坐在副駕駛座上正看著報紙。頭髮沒有很長但是卻亂糟糟的，若靠近可以看見許多灰白髮絲。額頭上的抬頭紋很明顯，下巴的鬍渣則參差不齊。雖然看起來好像非常疲勞，但雙眼倒是相當銳利懾人。

「程組長，抱歉啦，真的要跑一趟了。」

「沒關係。」程景白將報紙收好。「你們忙，我自己回去就好。」

「還是我們……」

「好好送這位先生回家。」程景白跳下車，對周森青點頭，但對方沒有回應。

看著自己主管的背影，那兩名警察同時搖頭嘆氣。所幸周森青還記得自己家在哪裡，來來回回繞好幾圈後總算是到了，那是一棟還不算小的獨棟三樓房。車子才剛停好，周森青就拿著旅行袋逃也似地跑進家裡，一句謝謝也沒說。一名警察一邊拿出手冊紀錄時間地址，一邊碎念搖頭。

周森青將門鎖上，癱坐在地上喘氣。黑暗中他抱著旅行袋沒有動作，突然外頭打了一道雷，他深深吸一口氣，嘴巴不斷蠕動。

「指甲、牙齒、腎，還有……還有……」

＊＊＊

雨下非常大，閻良將乘客送進後座，然後用最快速度鑽進車裡，即便如此身體也幾乎濕透了。兩名乘客中有一個是他的老乘客，另一人他則沒看過，而那人正晃著雙下巴說話。他轉動鑰匙，才剛發動沒多久就有一人衝上來猛拍車窗。密集的雨水讓閻良看不清那人的臉孔，他趕緊降下車窗一探究竟。

「欸！繼續開，別理他。」後座那名陌生人大喊。

「呃……」閻良的手停在空中，車窗已經開了一個小縫，雨聲瞬間變大，外頭那人的聲音也聽得見了。

「求求你們不要害我們啊，明明就是他開車撞我兒子，為什麼＊＊＊」

車窗突然關上，那人的聲音頓時又變得像在水裡說話一樣，原來後座的陌生人伸手按下窗戶開關。閻良怒火瞬間燒上心頭，那人一看到閻良兇惡的目光就像觸電一樣縮回手。

「快開車！不要理他，小心我要這位大律師告你。」

「哦，你是要告什麼？」閻良冷笑。

「隨便，他可是完全勝率的王牌律師，有錢聘他，撞人都還可以賺錢！」

「好了好了，我都坐他的車，是老朋友了。」律師說。

「哦，朋友？那他叫什麼名子？」

「閻……祥？」律師皺眉。

「欸，你叫閻祥？」

閻良沒有說話，只是隨意點頭然後專心開車。

「那他八成是你最窮的朋友了，幹嘛坐他的車？」

「遲到就是虧損，坐他的車我沒虧損過。」律師說。

「自己去買台車不就好了？」

「便宜的車不想開，貴的車被人說賺太多，還是坐閻祥的車吧。」

突然那名陌生人爆出一連串大笑，手指著閻良貼在車上的證件。律師看一眼會過意，伸手輕拍閻良的肩膀。

「抱歉了，閻良。」

閻良還是沒有說話，只是點點頭，繼續專心開他的車。

＊＊＊

送走了律師，閻良前往包車的接客點。那裡有點偏僻，兩個禮拜前接到包車電話後，他還特地找時間繞過來看看。雨似乎有越下越大的趨勢，時間有點遲了，他加快速度總算趕在四點前抵達那座三層樓房前。出乎他意料的是居然有人撐傘站在門口，但那人看到車來也沒有要上車的意思，依舊站在原地，閻良撐傘跑到那人旁邊。

「你是包車的人是不是？」

「包車？對、我要搭車，要快。」

閻良注意到這名乘客拎著一個旅行袋，身體幾乎都濕了。
「另外一位呢？」
「快，要快，我女……」風幾乎吹走這名乘客的聲音
「你說啥？」
「搭車、我要搭……」
閻良皺著眉頭將他送上車後，掏出手機找到當初包車的來電紀錄，但上面顯示的是未知號碼。他打過去，就像他想的一樣撥不通。一想到他溼透的後座，閻良就不禁翻起白眼。他透過後視鏡觀察，發現那名乘客雖然低著頭，但雙眼卻又骨溜溜地轉動，不斷看著窗外似乎在尋找什麼。
「沒有警察吧？」乘客問。
「啥？警察？沒啊。」閻良看著窗外，然後發動車子。
「好、好，警察不行。」乘客鬆口氣。
「我叫閻良啦，之後要叫車隨時打給我。」
「我叫……那個……周……周森青。」
閻良轉頭對周森青點頭，但那名老人卻像是看到鬼一樣立刻又低下頭去。閻良不以為意，將車駛出巷子往忘見湖出發。厚雲不時閃著雷光，雨顯然還會更大。開了一段時間後，閻良再次透過後視鏡觀察周森青。他年紀大概有七十歲了，滿臉都是皺紋與老人斑，一頭白髮很是散亂，鬍渣頗長，顯然很久沒刮了。

閻良嘆氣，把手伸向副駕駛座，他的手懸在〈發現世界之美套書〉上一下子，接著他把那本厚書推開，露出印有〈玉神蓮仙宗〉的小冊經書。此時遠方有一台車似乎是因為視野不佳的關係，有點跨過車道線。他咬牙用力踩下油門直直往那台車衝去。車子速度越來越快，視野也越來越模糊。

「啊！啊！」周森青見狀大喊。

閻良在最後一刻轉開方向盤，車子有點打滑，但他熟練地將車身穩住，最後停在路邊。閻良從扶手附近摸出某種東西握在手上，閉上眼睛嘴裡念念有詞。

「玉神蓮仙宗、淨心……」閻良手上發出光芒。

「光！光！」周森青睜大雙眼。

「玉神蓮仙宗、淨心、淨業＊＊＊」閻良依舊閉著眼。

「淨罪惡！」

聽到老人接上仙宗的法號讓閻良睜大雙眼。

「淨心、淨業、淨罪惡！」周森青又大喊。

閻良斜眼看手上的玉像，暗自罵一聲「他媽的」，然後把玉像塞進口袋裡。

「哈，你也是教友哦？好險有仙宗……」閻良強迫自己微笑然後雙手合十。

「淨罪惡！」周森青揮舞手臂。

周森青喊完又低下頭摳手指頭，沒再回應。閻良瞬間收起笑容在心裡罵著自己的愚蠢，然後將車開上車道。車內再次平靜了一會兒，突然周森青用力抬頭，雙眼圓睜看著後視鏡裡的闔良，彷彿現在才發現前面有人。

「欸？你、你是誰？」

「啊？」闔良皺眉。

「你是誰啊？」周森青五官扭成一團，雙手緊抱溼透的旅行袋。

「我開車的啊，你包我的車啊。」

「哦，哦……」

周森青像洩氣的氣球又縮成一團，闔良懶得再打什麼鬼主意，一路上安安靜靜地往忘見湖前進。這座湖是四十幾年前地震產生的下游堰塞湖，景色非常美麗，離市區大約兩個小時半的路程，離海邊更只要五十分鐘，曾經是闔良非常喜愛的釣點。但四、五年前又發生一場地震，把那附近的度假村全震垮了，還死一堆人。從那之後湖水位就不斷下降，幾乎沒剩什麼魚可釣。闔良的手指抖了抖，似乎又手癢起來，他鬆鬆拳頭，採下剎車等待前方的紅綠燈。突然旁邊的機車騎士伸手用力敲車窗，看樣子似乎還在大聲說話，闔良降下車窗。

「阿良哦？」騎士抬高安全帽，露出底下宮廟送的帽子。

「魚大哥哦？好久不見欸，又要去釣哦？」闔良揮手。

「不然咧，跟你講，之前我們常去釣的地方再上去一點，現在不時會捲漩渦欸，那邊都大尾的哦。」

「漩渦……怎麼會有？欸，雨這麼大，小心啊。」

「啊，你載人哦？抱歉。阿伯，歹勢啊！」那名大哥對周森青揮手。

「別掉進海裡啊。」閻良微笑。

「安啦。你很久沒來釣，有空要來啦。」

「知道啦。」

閻良將車窗關上，踩下油門通過路口，周森青似乎睡著了，低頭動也不動。忘見湖被一片半開發的樹林圍繞，就算已經不是保育區了，到現在還是保留不少原始地貌。他鑽進一條不算大的雙向道，兩旁全是樹林。路況比他記憶中要差非常多，到處都有裂痕與凹陷。

看一眼時間六點多了，閻良估算時間差不多，於是放慢速度。路邊出現一條他沒印象的岔路，可能是新開闢的。他繼續往前，不久便開上環湖道路，但出乎閻良的意料，水位居然出奇的高，連跨湖橋被震倒後剩下的橋墩都看不到了。路邊依舊不時出現倒塌的房屋與渡假村，而俗氣的生鏽招牌則沿路東倒西歪地掛在鐵柱或牆上。

閻良往遠方望去，雨中有一棟閃著燈光的建築。印象中以前那是一間飯店，現在開過去才發現變成一棟別墅，而且是建在山坡上，沒有路可以上去。研究一會兒，閻良嘖一聲，往剛剛那條新開的岔路開去。那條路先往森林的方向前進，過了好幾分鐘又轉向往湖邊方向。不久他就看到三台名車停在路邊，而那棟別墅就在前方，占地很大，從這個角度看過去，湖幾乎被建築擋住了。

別墅有三層樓，外觀方正，牆每隔固定距離就有火把狀的燈，二樓兩側都有露天眺望台。大門是古色古香的雙開門，上面滿是鑲金的繁複花紋裝飾，甚至還有仿舊門環。由於是建在山坡上，要到大門還得先走一段大理石樓梯，簡直就像城堡一樣。

「多少？」周森青不斷摸索身上的口袋，但似乎什麼也沒有找到。

「什麼？」

「錢……」

「你要先算哦？可以啊，市區來回……兩千五百五，這樣算你兩千五啦……」

周森青將旅行袋拉高卻沒有抓穩，直接滑下大腿掉到地上發出沉沉的金屬碰撞聲。他彎腰把旅行袋打開，閻良不禁睜大雙眼，裡面居然是一捆又一捆的千元鈔，似乎還有某種銀色的罐狀物。周森青拿起一捆鈔票，然後抽出三張遞給閻良。他接過手來仔細觀察，卻看不出來是偽鈔。

「等一下，我找五百給你。」閻良翻著自己的皮夾。

周森青凝視雨中的別墅，低頭皺眉，似乎在思考什麼。突然外頭雷聲大作，他身軀一震，然後雙眼大看著那棟建築，彷彿記起什麼。

「啊！」周森青指著那棟別墅。

閻良把五百元放到周森青手上，這名老人隨手將錢塞進口袋裡，打開車門往外跑。

「靠，瘋了哦？」

閻良撐傘跑出去幫周森青擋雨，老人一路上都緊緊抱著旅行袋，腳步蹣跚。雨勢非常大，四處都是霧濛濛的。

兩人走上大理石階梯，閻良懶得找門鈴，直接用力敲門。一名穿著黑色西裝的彪形大漢開門，彷彿專程在等待他們。他對著手上的麥克風小聲說話，然後伸手要他們進去。

首先映入眼簾的就是一幅巨大的漆木屏風，上頭用金漆畫了一幅山水畫，做工極佳，地板上則鋪滿全拋釉瓷磚，挑高的天花板幾乎快兩層樓高，空間極為開闊。閻良將雨傘插好，一名女人從屏風後面走出來。她頂著俐落的短髮，身上的黑色套裝十分簡約，合身剪裁的長褲襯托出她的長腿，看起來十分精明幹練。

「周先生，你終於到了，請。」

「啊……」周森青皺眉看著那名女人。

閻良不確定要不要跟他們走進去，但那女人伸手對他比了「跟來」的手勢。

「請您節哀……」女人走幾步低頭對周森青說。

閻良被眼前的擺飾吸引了注意，原來屏風左右各延伸出對稱的廳室，中間各擺了一組沙發，看起來就像飯店大廳。到處都是石雕與掛畫，沙發上方則是一座華麗水晶燈。而正中央有另一道大理石樓梯通往二樓，依舊是氣派的雙開門，樓梯下方有個較小的門可以通往一樓內部。

「你的房間在一樓，從那邊進去就可以了。」女人指著小門。

閻良點頭往小門走去，而周森青則跟著女人走上大理石階梯。女人將門打開後閻良聽到各種吵雜的喊聲，似乎有個酒宴。閻良打開小門，裡面也是對稱的格局，正中間是走廊，也擺了一組沙發，附近有好幾個小餐車，上頭全是各種餐點。沙發上有兩個男人，其中一個很年輕大約三十來歲，頭髮留到肩膀綁了個馬尾，另一人又矮又胖挺著啤酒肚，大概六十幾歲了。

走廊兩邊各有四道門，顯然其中一間就是閻良今晚的房間。閻良正要對他們打招呼，突然門外傳來嘔吐的聲音，他跑回大廳抬頭就看見周森青從二樓彎腰退出來，似乎很痛苦，而那女人就跟在旁邊，看起來很驚訝，閻良趕緊跑上樓梯扶住周森青的肩膀。

「副總……」門口那位西裝大漢跑過來。

「沒關係，讓他先休息。蔡小姐，這邊麻煩一下。」短髮女人對著剛從一樓走出來的女人揮手。

「欸？這位……怎麼了嗎？」蔡怡君跑上樓梯

「他身體有些不舒服。」趙晶說完看著閻良。「先生，可以麻煩你幫忙送周先生回房間嗎？」

「沒問題。」

「蔡小姐，請帶他們到周先生的房間。」

「好。」

周森青還是不斷發出嘔吐聲，雙手依舊死死抱著旅行袋。閻良和西裝大漢扶他下樓梯，蔡怡君也彎腰幫忙，她胸口有某種東西搖晃閃著光，閻良仔細一看居然是玉神蓮仙宗的項鍊。這名女人穿著白色廚師服，頂著廚帽，底下露出的捲髮混雜不少白絲，魚尾紋相當明顯。一行人打開一樓的門，恰好那名肥胖、頂著驚人啤酒肚的老男人也開門出來。他撥著抹不少髮油的灰白短髮，睜大雙眼看著周森青。

「哇，這麼快就倒了哦？要不要幫忙？」

「吳先生，你休息就好啦。」蔡怡君繼續往前走。

那名長髮的年輕男人依舊坐在沙發上，看著他們但沒有說話。蔡怡君將闔良帶到左側的房間，鑰匙就插在門上。蔡怡君開門讓闔良和西裝大漢進去，他們合力將周森青放到床上。

「你是……周先生的司機對吧？你房間在隔壁。」蔡怡君說。

「哦，謝謝。」

西裝大漢離去，而周森青似乎昏過去了，躺在床上嘴巴不斷蠕動，雙手依舊抱著旅行袋。蔡怡君打開房間裡的夜燈，然後跟闔良走出房外。

「就是這間。」蔡怡君指著隔壁的房間。

「謝謝。」

「晚餐在沙發那邊，如果不夠的話就來找我。」蔡怡君轉頭又對那名長髮年輕男人喊。「王先生，食物不夠跟我說就好。」

王敬點頭沒有說話，蔡怡君對闔良微笑後離開，闔良則是走回周森青房間，但一進去就看到床空了，而廁所頭傳來嘔吐的聲音，過不久沖水聲響起。

周森青一開門，看到闔良立刻張大了嘴巴。「你、你誰？」

闔良皺眉。

「你誰啊？」周森青舉高桌上的筆。「誰？」

「你煩不煩啊，你包我的車啊……」

闊良還沒說完就不得不往右壓低身子，好不容易才躲過周森青的攻擊。

「幹！我你親兒子啦，你打兒子啊？」闊良大吼。

「兒子？」周森青的手懸在半空中，然後慢慢放下。

「對，就是我。」

周森青慢慢走向闊良，卻被丟在地上的旅行袋絆倒。闊良伸手接住周森青，然後扶他回床上，這次周森青只有喃喃自語，安分不少。

「肚子餓的話外面有東西吃。」闊良說。

周森青沒有回應，閉上眼睛後動也不動了。闊良鬆口氣，飢餓感也同時襲來，正想著有什麼東西可以吃的時候，轉頭就看到地上的旅行袋，他愣住幾秒，小心翼翼地繞過袋子，彷彿那是某種怪物。

＊＊＊

二樓一樣是挑高的，還有樓中樓的設計，裝潢顯得更加豪華，牆壁全是用大理石砌成，地板則鋪上紅色地毯。正中間掛著一盞巨型的水晶燈，而宴會廳中間有著兩道半圓形樓梯，通往三樓的豪華貴賓室，而兩側則是眺望台。兩個半圓形樓梯恰好組成一個圓，樓梯中央的牆壁上掛著一幅長髮少女的肖像畫，在圓形中央是一張巨大的宴會桌，上頭坐滿了人。
時間已經快九點了，趙晶就坐在桌上，一邊撥弄著自己的短髮，一邊看著眼前這五位六、七十歲的老頭子。一名年輕服務生則像蝴蝶似地在桌邊來回倒酒、收盤子。
「可惜趙大哥不在了。」
林志忠說完咬一口炒牛肉，油汁沿著嘴唇往下巴流去。他的頭髮很長，幾乎快到腰間，全部油膩膩的纏在一起。他伸手把頭髮往後撥，露出突起的下顎與細小的眼睛，看起來就像老鼠一樣。
「趙副總，趙董都走半年了，心情好一點了吧？」
倪軍啟睜著銅鈴般大的雙眼看著趙晶。雖然已經七十歲了，但他一頭短髮和寬闊的肩膀依舊讓他看起來非常強壯。他的脖子與眉毛各有一道刀疤，手臂上也到處都是。
「嗯，托你們的福，現在一切順利。」趙晶微笑。
「要不是晶龍營建，這裡應該還是雞不拉屎、鳥不生蛋吧？看看這裡賺了多少觀光錢？一個地震就縮起來反開發，這樣是糟蹋趙大哥的努力！」
韓長利對空氣敬酒，然後自己乾掉。他梳著西裝頭，戴著金絲眼睛，嗓門非常大。乾掉那杯後，服務生立刻又替他倒滿酒，但他卻趴在桌上不起來。
「忘見湖是我哥哥的心血，晶龍營建也是靠這座湖起家的，這次再開發，各位一定要幫忙。」趙慶二舉著酒杯說。

這男人身材相當肥胖，脖子幾乎被摺疊起來的肉遮住，腰帶顯然是訂製的，否則根本箍不住他的腰，灰白參差的頭髮抹了厚厚髮油。

「勞煩各位。」趙晶舉杯。

「我只是個小小博士，但能幫上忙的地方，絕對做到。」

最後一名來賓劉豐司說話了。他身材十分瘦小，卻穿著過於寬大的襯衫，顯得駝背又邋遢。一樣遍布著白絲的頭髮很短，但肩膀上卻有不少頭皮屑。

「如果說博士都沒有用的話，那我不就更沒用了？」林志忠替劉豐司倒酒。

「唉呀，沒有你們就沒有忘見湖。」趙慶二大聲說。「當初如果沒有玉神蓮仙宗，哪來的錢開發？如果沒有博士的報告，開發案又怎麼可能通過？這次還要再多勞煩博士，把那什麼液化的東西研究研究掉。」

「現在研究所裡面的人通通都是我帶出來的，放心吧。」

這群老人繼續吃著說著，不斷喝下一杯又一杯的酒。趙晶冷冷地看著這些人，努力放慢呼吸，希望能少吸進一點空氣中令他作嘔的酒臭味。但那些老人似乎很享受，漸漸地每個人醉意都浮現了。

「那女人、畫得真漂亮！可是……」趙慶二指著樓梯中央的那幅長髮少女肖像。

「很像哪個明星對吧？剛進來我就覺得眼熟。」林志忠說。

「現在明星都長得一樣，去店裡也都叫得到……嘿嘿。」劉豐司瞄了一眼趙晶，不再說話。

趙晶假裝沒有聽到，看錶已經九點了。她目光一一掃過眼前喝酒作樂的老人，最後停在自己舅舅身上，也就是現任晶龍營建總經理趙慶二。雖然他是父親的弟弟，但趙晶卻完全找不出任何相似的地方。她定睛在手上的水晶杯上，似乎在思考什麼，過一會兒她拿起手機撥出電話，但她沒有將手機放在耳邊，而是看著螢幕，電話沒響幾聲便被對方掛斷了。

「高先生……」趙晶對服務生舉手。

高志穎放下酒瓶對她投出疑問的眼神，趙晶點頭，高志穎立刻往側室走去。不久他就端著托盤走出來，上面放著六個淺碟杯與一瓶香檳。他熟練地打開瓶塞，香檳獨特的香氣傳入眾人鼻中。高志穎將酒一杯杯放眾人桌前，而趙晶率先拿起酒杯。

「以後請各位多多幫忙。」趙晶強迫自己看著他們，一口喝盡。

男人們紛紛乾杯，趙慶二笑瞇瞇地張開嘴，似乎想說些什麼。但此時通往一樓的雙開門打開了，劉豐司第一個發出刺耳的笑聲，其他老人跟著看過去。一群年輕女性走進來，一共是四名肌膚白皙的外國少女以及三名本國少女，年紀可能都不到二十歲。頓時高跟鞋的叩噠聲不絕於耳，每位少女都穿著窄短禮服，雪白色的酥胸與大腿幾乎暴露在外。

少女們自動散開，似乎知道自己該做些什麼。那三名本國少女聚集到趙慶二旁，其中一名年紀較大，手已經搭到趙慶二身上。而外國少女們則各自走到其他人旁邊就定位，這群老人不再笑了，紛紛伸手與那些少女們勾搭在一起。

「今晚你們都要當老師。」趙晶皮笑肉不笑。

老人們睜大雙眼沒有說話，不斷打量著今晚屬於他們的少女，似乎在判斷趙晶的話是真是假。

「哪、哪國的啊？」髮長及腰、面目如鼠的林志忠問。

「烏克蘭。」趙晶說。

老人們又發出一陣笑聲。

「趙總，還是我跟您……」穿著大一號襯衫的劉豐司貪婪地盯著趙慶二旁邊的三名本國美女。

「不了不了，心臟不好，我還是不當老師的好。」趙慶二摸著兩名年紀較小的少女臀部，然後打量那名大概二十幾歲的女人。「你……應該比較會吧？」

「放心，交給我。」女人用肩膀靠了靠趙慶二的胸膛。

趙慶二放聲大笑，趙晶站起來，努力不讓嫌惡表露於外。

「那麼，晚安。」

男人們零散地回答，雙眼全都聚焦在身邊的少女，趙晶看了他們最後一眼，快步走出宴會廳，恰好與剛走進來的蔡怡君錯身而過。

「樓梯上面就是各位的房間，請小心走。」高志穎拿著酒瓶說。

但沒有人理會他，除了趙慶二，那些男人們忙著摟住少女走上樓。待眾人走光後，趙慶二才拿起放在椅子邊的枴杖站起來，那三名少女立刻扶他走上樓梯。

「欸，小弟，有沒有石榴汁？」趙慶二問。

「石榴汁哦？我們有橘子、葡萄汁……，石榴汁的話……」

「有石榴汁，立刻幫您送來。」蔡怡君說。
趙慶二沒有說話，只是揮揮手往房間走去，高志穎對蔡怡君投出感謝的眼神。
「我在廚房有看到，我去拿就好，你好好休息吧。」
「怡君姊謝謝你了，幫這群噁心的人服務真的是……那些外國女生才幾歲呀？」高志穎搖頭。
「放心吧，很快就會有大奇蹟的。」蔡怡君握住脖子上的玉像。
「什麼？」高志穎看著那個玉像。
「很快的。」
蔡怡君微笑往廚房走去，嘴裡念念有詞。「玉神蓮仙宗、淨心、淨業、淨罪惡……」

＊＊＊

第一個離開宴會桌的是林志忠，他站起來時覺得頭有點暈，但又感到非常興奮，簡直就像是從喝下香檳那一刻才出生一樣。烏克蘭少女帶他走上樓梯，但走沒幾步他就用跑得跳上去，然後張開雙手等待他的少女，他沒有發現自己一點都不喘。

三樓有一條橫向的走廊，一共有五扇門，少女帶他走向最左邊的房間。林志忠的手沒閒住，一路不斷在少女臀部上下游移，根本等不及進到房間裡。少女發出銀鈴般的笑聲打開燈，房間一樣是挑高的非常大。房門正前方有一扇巨大的落地窗，簡直就像是教堂才會有的那種彩繪花窗，上面有著天使與惡魔的複雜圖案，主色調是霧白色的相當華麗。靠近地上的部分是透明的，白天應該可以看到湖景。

窗戶前方有個奇怪的擺設，看起來就像是個巨大的鳥籠，裡面有張特殊的椅子，手腳部位有金屬製的鐐銬，簡直就像電影裡瘋人院會出現的東西。椅子前方有張小桌子，上頭用紅色的布蓋住，似乎擺放不少東西。小桌旁有一個放在架子上的單筒望遠鏡，看起來古色古香，與鳥籠似的籠子很是匹配。

「Ok, Ok, Let's go……」林志忠一邊說出怪異口音的英語一邊竊笑。

烏克蘭少女打開金屬籠，然後牽起林志忠的手引導他坐上椅子，然後將鐐銬扣上，接著少女從紅布底下拿出一個紅色針筒和酒精棉花。

「啊……就是這個嗎？來吧！」林志忠握拳想要撐起肌肉，但只讓起皺的皮膚更加鬆垮。

烏克蘭少女溫潤柔軟的手一摸到他的手臂，他就像觸電一樣再也使不出力，只覺得那觸感比什麼都舒服。少女熟練地幫林志忠的手臂消毒，然後注射。

「欸……這好像不用等……」林志忠看著手臂。「已經有感覺了，乾脆不要洗澡了吧？」

林志忠想抱住少女，身體一動才發現自己被牢牢綁在在椅子上。少女用手指輕輕在他手臂上滑移，然後將金屬籠關上走向浴室。

「快點啊……啊！Quick, Let's go, let's go.」

林志忠滿足地嘆氣，躺在椅背上傻笑。

＊＊＊

閻良站在自己房間門後面很久了，手就懸在門把上，看時間已經快九點半了。他再次縮回手，但立刻又咬牙伸出，但怎樣就是碰不到門把。他握緊拳頭，雙眼閉上，用力得皺紋都糾纏在一起，然而周森青的旅行袋依舊在眼前漂浮著，彷彿已經烙印在他眼裡。

他用力吞下口水，手終於握住門把，雖然沒什麼聲音，但在他心裡卻是猛擊大鼓似的巨響。接著他聽到門外傳來腳步聲，聽起來沒精打采的，腳跟摩擦地面的聲音很是明顯，還有某種棍棒敲地的聲音。

沒多久腳步聲就消失了，閻良又等了一下子，最後終於打開房門。走廊只剩牆上的裝飾燈還微微亮著，整個空間變得相當陰暗。他躡腳走進周森青的房間，所幸門的品質很好，打開時一點嘎吱聲都沒有。那個旅行袋依舊放在原地，閻良沒有動作，而是放慢呼吸仔細聆聽，總算他聽見周森青氣若游絲的呼吸聲。

他深吸一口氣，慢慢地走過去，一格一格輕輕拉開拉鍊，鈔票的油墨味立刻竄入閻良的鼻子。

「訂金……就訂金，你會還，你知道他家……剩下的你自己籌……」

閻良嘴巴喃喃自語，他拿出二十捆千元鈔用外套包好，然後躡腳退出房間。門外一個人都沒有，他走到大廳門口拿起雨傘。門外雨勢依舊非常大，他撐傘衝進自己的車裡，然後掏出手機。

「訂金哪收？」闔良問。

對方簡短說出地點後立刻掛掉電話，闔良把行車紀錄器的電線拔掉，然後發動車子，在風雨中駛離這棟別墅。

＊＊＊

闔良在兩個半小時後抵達T醫院，夜半時分的停車場十分空曠。他慢慢將車開進去，同時雙眼不斷四處尋找，最後他在牆邊找到他的目標，那是一個在雨中閃爍的香菸火光。

闔良慢慢靠近同時降下車窗，那人穿雨衣戴口罩，完全看不出性別或身材。他粗魯地將手伸進車裡，濺的闔良身上都是雨水。闔良把用塑膠袋包好的鈔票遞給對方，那人沒有說話，拿了直接跑走。

「喂！連個保證都沒有啊？」

那人沒有回答，闔良開門追上去。但對方跳過停車場的欄杆，鑽進停在馬路邊的車子立刻開走，顯然有同夥在車上。如果要追還得先繞出停車場，闔良放棄追上去，瞇眼想看清楚對方的車牌號碼，但立刻驚覺有車牌號碼也沒有意義，想到這便不禁歎氣。

他溼答答地回到車上，已經一點多了。他隨意開著車，在便利商店買了咖啡跟飯糰當消夜，然後插上行車紀錄器的電線，又在車上睡一會兒，接著手機突然響了。

「尾款，兩天。」電話那端的聲音簡直就像機器人一樣。

閻良還沒來得及說話就被掛掉了。他握緊方向盤想了一會兒才發動汽車，他開得非常慢，到了通往忘見湖的雙向小路上時，他把車停在路邊，雙手拼命抓著頭髮好像這樣就可以想到什麼好方法，最後他還是開進那條路。原本就不好的路況被大雨沖刷之後跑出許多小石頭來，他速度只得放得更慢。

「靠……」

閻良伸手遮住眼睛，前方有台車開過來，速度不只很快還開著遠燈，刺的閻良眼睛睜不開。他用力按下喇叭，但對方完全沒有理會。閻良大聲咒罵，緊急採下剎車將車子停在路邊。他瞇眼想看清那台車的駕駛，但實在太過刺眼，只能看到模糊的影子。那駕駛非常前傾地握住方向盤，像是根本看不到路面一樣。

閻良又咒罵一聲，喘過氣才重新上路，不久他就鑽進岔路，他打開遠燈，雖然雨變小了，但視野還是很差。他低頭仔細看前方，卻被眼前的東西嚇得急踩剎車，他楞了一會兒又用力揉雙眼，但那東西依舊還在。

天空中居然憑空出現四道光，那就像雲多的時候會看見的耶穌光一樣，在夜空中顯得極為突兀與詭異，就像四把光鑄成的劍等距離插在天空中。他第一個念頭是覺得那是最近流行的「光雕」，但他卻看不出光從哪邊發射的，因為那四道光柱是憑空出現，完全沒有延伸到雲裡或地上。

他往別墅方向繼續開，但停好車時那四道光卻消失了，害得閻良懷疑自己是不是遇見什麼不乾淨的東西。他又站在別墅外面看一會兒才放棄走進屋裡。一打開客室走廊的門時，周森青的房門赫然出現在他的視線裡，他反射性地移開目光，快步走進自己房間直接躺在床上，幾乎是閉上眼睛的瞬間就失去意識了。

＊＊＊

閻良突然醒來，隱約聽見尖銳的尖叫聲。他下意識地看手機已經七點五十分了，手機出現一大堆訊息，都是公司傳來的，什麼忘見湖出現大奇蹟，最早的訊息居然三點多就傳來了。

「媽的，這些邪教的人是都沒在睡是不是？」

尖叫聲再次傳來，閻良迅速離開房間打開通往大廳的門，這時已經聽得出來是女性的叫聲。穿著服務生服的高志穎從大門口跑進來，剛好遇見閻良。

「是不是有人在叫？」高志穎問。

「你也聽到了，樓上？」閻良說。

後方響起腳步聲，原來那位長頭髮的王敬也跟來了。三人個跑上樓梯打開宴會廳的門，一名大概二十幾歲的女人握住三樓樓梯不斷大叫，臉上全是花掉的妝。他看到閻良一行人，就看到救星一樣瘋狂揮手。

「到底怎麼了？」閻良問。

「嗚……呃……」女人嘴巴不斷顫動，最後放棄說話，用手指了三樓。

閻良點頭跑上樓梯，走廊正中間的房間門是開的，閻良一走進去就看到一名身材肥胖臃腫的男人躺在床上動也不動，褲子脫到一半，陰莖裸露出來。詭異的是他戴著亮皮製的面具，看起來還套得非常緊。閻良在某些色情片裡看過，那是用來窒息的工具，而地板上還有一個黑色物體。

「媽的，槍？」閻良睜大眼睛。

「你看一下那兩個女的。」王敬說。

床另一邊還躺著兩位衣衫不整的少女，完全沒有動靜。閻良走到床的另一邊檢查少女的脈搏，而王敬在男人旁邊蹲下檢查。

「這兩個還活著，他呢？」閻良摸著少女的手腕，感覺到微弱的脈搏。

「死了。」

王敬皺眉，轉身衝出房門。他跑到最右側的房間不斷敲門，但裡頭始終沒有人回應，王敬試探性地轉動門把，門無聲地開了。閻良走過來，兩人互相注視一兩秒，然後一起推開門，一股血腥味立刻竄入兩人鼻中。這個房間一樣有巨大的落地窗，但圖案卻不一樣，乍看像是正在行刑中的天使與魔鬼，主色調是紅色的，最上方的部分不曉得被什麼東西擊破了，陽光透過破洞直接灑進來。前方有個鳥籠狀的金屬籠，一個短髮男人就癱坐在椅子上，面對窗戶動也不動。

閻良永遠也忘不掉他看見的景象。那男人絕對死透了，地毯全浸滿鮮血。而椅子前方的小桌子上放滿針筒、刀具、鉗子與各種他從沒見過的工具，上面全部都是凝結的血。更可怕的是桌上放滿小山似的指甲與斷裂的牙齒。看著死者呈現暗紅色澤且凹陷的手指、腳趾，閻良知道那絕對是從受害者身上拔下的。他沒有勇氣去看死者的口腔，但死者老人般凹陷的嘴唇宣告了桌上的牙齒也是他的。

浸滿血的地毯上有個暗紅色肉塊，閻良往前走幾步才看到死者腹部另一側的巨大傷口。他幾乎快吐出來，看部位那肉塊搞不好是腎臟，他不想深究這個，快速移開目光，但這讓他視線掃到死者的跨下，內褲全部都是乾掉的血塊，而陰莖以不可能的姿勢攤在旁邊，顯然被切斷了。

浴室突然傳來拍門聲，閻良跟王敬都嚇了一跳，看著浴室頓時不知道該做什麼。突然浴室門開了，一名美麗的外國少女蹣跚地走出浴室，眼睛腫得要命，臉上全是淚水。

「還好嗎？到底發生什麼事了？」閻良問。

少女看到悽慘的屍體發出尖叫，閻良跑過去摀住她的眼睛，將她帶到走廊。閻良又再跟她說幾句話，但對方顯然聽不懂，只是一股勁地抽泣。高志穎還站在樓梯觀望，閻良將他喊過來，請他照顧外國少女，然後跑到隔壁房間。門才打開一點，他就聞到頭髮燒焦的味道，而映入眼簾的畫面甚至同樣駭人。

房裡一樣有個金屬籠，裡面的椅子倒在地上，上面有一具焦黑的屍體，燒毀的很嚴重，從門口看幾乎難以分辨人的輪廓，但勉強看得出來手腳被固定在椅子上。房間一樣有巨大的落地窗，圖案跟上個房間一樣是天使與惡魔，不過主色調是綠色，陽光透進來讓屍體被一層綠光籠罩顯得詭異無比。

閻良愣住幾秒後跑去打開廁所，裡面也有一位外國少女，不過是躺在浴缸裡似乎在睡覺。他跑過去輕拍少女的肩膀，對方立刻睜開眼睛，然後疑惑地看著門，嘴裡說著閻良聽不懂的話。她站起來指著門鎖劈哩啪啦地喊著，口氣不是很好，但她走出去看到焦屍後立刻閉嘴，整個人癱靠在牆上。閻良用自己的身體擋住她的視線，然後指向門外，少女立刻逃命似地跑出去。

下一間房間就如同閻良所想的一樣，房間裡同樣有扇巨大落地窗，一樣是天使與惡魔的圖案，但卻是黑色調，而金屬籠裡頭的椅子上也有具屍體，地板同樣到處都是凝結的血。死者乍看之下沒有太多外傷，他沒有仔細觀察，而是直接打開廁所，將躲在裡頭不敢說話的女孩帶出來。

最後一個房間的落地窗是霧白色的，一樣有天使與惡魔的圖案。死者趴倒在地上，看不到任何外傷。小桌子上的各種工具全四散在金屬籠外，而死者的手就伸向其中一個針筒。閻良將廁所裡的女孩帶出去時，高志穎正在撥打電話給警察，而王敬正從戴著窒息面具的死者房間裡走出來。

閻良突然「啊！」地一聲往樓梯跑去，衝到一樓後他猛敲周森青的房間，但沒有人回應，於是他直接打開房門，什麼人也沒有。如果床跟棉被不是皺的，根本看不出有沒有人住過。

「不見了。」閻良看著身後跟他一起下樓的王敬。

「還有那個廚師，還沒看到她。」王敬往蔡怡君的房間跑去。

閻良站在原地，看著昨晚放著旅行袋的地板，那裡空空的什麼也沒有，彷彿昨天他幹的不過是場夢。他皺眉走到蔡怡君的房間，王敬站在裡面對著他搖頭。

房間裡面有衣服、化妝品，就是沒有人。接著他們倆打開那個抹了一堆髮油的胖男人房間，但也是一樣的狀況。兩人面面相覷，一句話也沒有說。他們走到一樓，高志穎慌張地走來走去，那些少女們則一起坐在沙發上，各個看起來疲憊無比。

「有沒有看到蔡小姐或者那位身材很……的先生。」闔良伸手在肚子前方比劃。

「都沒有，我一大早起來準備早餐就找不到蔡小姐了，也沒看到吳先生。」

「那我載來的阿伯呢？」

高志穎搖頭。

「警察怎麼說？」王敬問。

「他說他們立刻出發。」

「等吧……」王敬走到床戶旁邊。

闔良走到別墅外面，雨已經停了，天空一片藍。他注意到少了一輛汽車，他到處找卻沒有周森青的影子。

「阿伯！」

闔良一邊喊一邊往別墅側邊的通道走去，後方是露天私人游泳池，山坡下方就是環湖道路，可能是為了隱私，泳池前方被一排移植的樹木擋住，看不太到湖。樹木兩側各有一道精緻的花崗岩梯，闔良快步走過去。下方是一個寬廣的看台，而忘見湖就在前方展開，特別的是對岸竟像是被一條藍色光暈包圍似的。闔良知道那是天氣夠好才能看見的海，也是當初忘見湖主打的湖海同景，這下他理解為什麼別墅要建在坡上而不是湖畔了。

「阿伯！」閻良跑下樓梯。

周森青就坐在看台的圍欄上，拿著一支筆跟本子、看著建築背面似乎寫什麼。

「阿伯，裡面死人了，警察要來了，快進去吧。」

周森青又專注地舞動鉛筆好一會兒，才茫然地看著閻良。閻良注意到他的頭髮是濕的，全都黏在頭皮上。

「你誰啊？怎麼在我家？」

周森青說完愣住好幾秒，突然他睜大雙眼，彷彿剛剛才理解陌生人在家裡是件恐怖的事情，他舉高握著鉛筆的手。

「你是誰？」

「我是你包車……」閻良停頓，收起下巴。「我你兒子啊，我們快進去吧。」

「哦……」

周森青側臉看著閻良，慢慢放下手，然後把本子放在圍欄上再爬下去。閻良看本子才知道他是在畫圖，出乎意料的是畫工居然非常有水準，簡直就像街頭的繪師一樣。

圖上有湖有建築，角度跟他坐得位置差不多，但建築卻長得不一樣，只是普通的小樓房，也沒那一排移植的樹，彷彿周森青雙眼看出去的世界與現實不一樣似的。閻良將素描本遞給周森青，對方接過後緩慢地往樓梯走去。閻良鬆口氣，才剛要跟上便皺起眉頭。原來周森青鞋底居然沾了不少泥巴，每走一步就在地上留下泥腳印。剛剛走過來的路上全是鋪裝好的道路才對，閻良觀察自己的腳底，一點泥土也沒有。消失的旅行袋又浮上腦海，他拼命搖頭，但卻又不由自主地想著如何把那袋找出來。

＊＊＊

袁俊孝開著車，轉彎進入前往忘見湖的道路。他端正地握住方向盤，胸口挺得很直，眼睛不時瞄向坐在旁邊的程組長。袁俊孝生得一張娃娃臉，不時被誤認為是剛畢業的警員，但其實他已經快從小隊長升分隊長了。長期為此困擾的他剃鬍子時總是故意不刮到底，彷彿鬍渣會替他添增些許男子氣概，可惜似乎毫無作用，只讓他養成抓著鬍渣思考的習慣。

「你媽最近還好吧？」

「應該沒問題，醫生說沒有惡化。」

「你上次不是說要帶她去看電影？說了就要做到啊。」

「唉……我真的忘了……」

「我知道局裡很忙，可是再忙也要去。快升分隊長了，對吧？」程景白說。

「嗯……希望是這樣。」

車內又陷入一陣沉默。

「這案子你怎麼看？」程景白突然問。

「很怪。」袁俊孝吸了一口氣。「忘見湖度假區五年前地震幾乎震毀，查出來是土壤液化區，商家全都撤離了。應該沒什麼人才對，怎麼還一夜之間出現五名死者，報案的人還說是新蓋的豪宅，這個也很怪。」

袁俊孝轉動方向盤，進入岔路。

「其實震得好，不然以前只要連續假期，喝酒自殺吸毒一堆，那時候你還沒來吧？」程景白說。

「對，我大概一年前報到。」袁俊孝偷偷瞄程景白一眼。

「媽的，偏偏那座湖是我們的，差一點點就歸別人管。」程景白捏住大拇指跟食指搖晃。

「聽說那次地震……很多人罹難。」

「嗯，一百多個人，那陣子幾乎都搭帳篷住那了。」

「我還聽說地震之後，水位降得很快，連魚都沒得釣了。」

「哦，你釣魚？」

「啊，我沒有，是……認識的人。」袁俊孝轉了個彎。「嘖，怎麼又去那種地方蓋房子呢？」

「商人嘛，風頭過了那邊有錢哪邊去。跟我們一樣，哪邊有屍體哪邊去……嗯？」程景白瞇眼看著前方。

袁俊孝也看到了，一棟漂亮建築出現在樹林之間，但前方聚集著十幾名民眾。其中一人拿著巨大的白色看板，上面用紅漆劃著四條直線，下方寫著「仙宗神光制裁」，另外兩三個人則拿著白色長條旗，上面寫著「大奇蹟」。

「大奇蹟現世！拯救忘見湖！」

窗外不斷傳來喊聲。袁俊孝等待程景白說話，希望能得到主管的看法，但程景白始終看著前方的建築與狂熱人群，不發一語。

＊＊＊

閻良坐在沙發上，大廳非常安靜，只有周森青畫圖的沙沙聲。那些外國少女們靠坐在一起，雙眼都很茫然，偶爾說上一兩句話，但馬上又寂靜無聲。王敬還是站在窗邊，高志穎則坐在另一邊的沙發上，嘴唇發白。附近到處都是走來走去的警察，但還沒有人來跟他們說話，只是要他們稍等。

周森青就坐在閻良旁邊，手握著鉛筆不斷在紙上舞動。現在他那張圖多了陰影與細節，而圖中央出現了三個人的輪廓，閻良不禁好奇他是如何記起整個場景的。突然有一名警察對無線電說話，快步往外走去。

「周先生，你是不是……有什麼東西不見了？」閻良趁機問。

周森青停下筆，側頭似乎在思考，然後對閻良搖搖頭。

門打開了，三名警察走進來，程景白聽著報告走在最前面，一看到周森青時便揚起眉毛，似乎想起什麼。

「對，目前查到的資料在這裡。遺體都在樓上，但現場完全找不到證件，現在還無法確認身分。有兩個人失蹤，一個是廚師，另一個是其中一名死者的司機。」一名警察邊走邊說。

「咦？」闍良身體輕輕往後一退，雙眼微微睜大。

袁俊孝看到闍良後後也下意識地「啊」一聲。

「怎麼？認識？」程景白問。

「對……算是。」

「有沒有可能殺人？」

「這個……」袁俊孝側頭思考。

「媽的，你什麼意思？」闍良站起來，旁邊一名警察立刻走向前。

「先去看現場。」程景白看了闍良一眼，然後往樓梯走去。

袁俊孝不理會闍良，一上二樓就被豪華的擺設與少女肖像吸引注意，但程景白似乎看慣了沒什麼反應。

「你朋友有可能殺人？」程景白問。

「應該是不會，不過我跟他……現在不是很熟。」

程景白點頭。兩人一走上半圓形的樓梯，立刻就聞到血液的鏽味與焦肉味。一到三樓，他們就看見鑑識人員和法醫在五個房間裡走進走出。他們倆打完招呼後，走進最近的房間。

袁俊孝的眼球立刻被眼前巨大的落地窗牢牢抓住，玻璃有著華麗的天使與惡魔圖案，主色調是綠色。最下方的部分則是透明的，可以清楚看到忘見湖。這時他才發現水位似乎沒有下降。這讓他不禁感到疑惑，但他的注意力立刻被落地窗前的東西給牢牢抓住。

那是一個看起來就像鳥籠的金屬籠，裡面有張椅子，椅子上的屍體四肢被鐐銬固定住，全身焦黑幾乎沒有完好的皮膚，嘴巴不自然地打開，看起來死得非常痛苦。椅子似乎被移過位置，並沒有在金屬籠中間，而是特別靠右，牢籠與頭部相當靠近。

「看看這裡。」程景白指著椅子左方扶手。

那是一個沾滿大量血跡的金屬圓盤，中央部分凸出一片橫向半圓的鋒利刀刃，幾乎沒入死者焦黑的手腕裡。而圓盤上有著鏤空紋路，通向下方的某種透明容器，裡頭有些許發黑凝固的血。

「媽的，這倒是第一次看到。」程景白哼一聲，蹲下來看著地上散亂的物品。

地上有張翻倒的小桌子，到處都是針筒、刀具、鉗子，比較突兀的是一個裝在腳架上的傳統單筒望遠鏡，可能是用來觀賞湖的。

「還找金絲貓來玩，嘿嘿，很會享受生活嘛。」程景白說。

「死亡時間要解剖才知道了，初判死者是為了掙脫而搖動椅子，但頭部卻碰到籠子觸電，無法掙脫電死。」鑑識人員說。

「籠子是通電的？」

「對，另外三個房間也都是一樣的配置。」

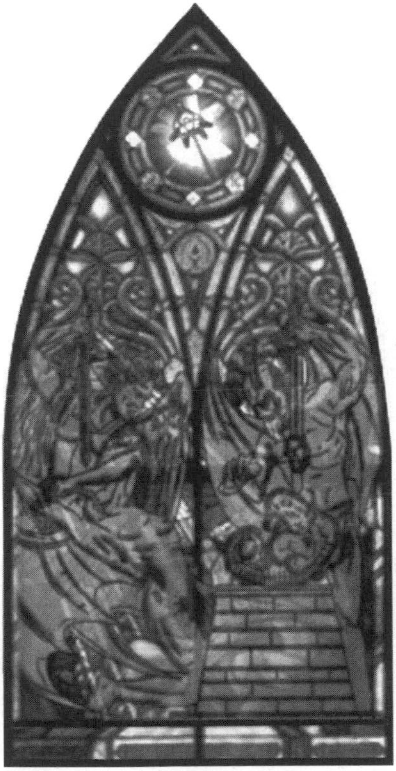

【劉豐司房】

鑑識人員掀開地上的地毯，裡面有條粗大的電線一路連到牆壁裡，靠牆壁那一端上面綁著一塊電路板。

「現在全斷路了，應該是定時機構，晚點拆下看就知道是什麼，時間或許也能知道。」

「四個房間？」

「對，中間那個房間沒有金屬籠與這種……椅子。」

「組長！麻煩來一下，這邊的死者……看起來很像是倪軍啟。」

一名警察在門口喊著，程景白嘖一聲走過去。袁俊孝又看了屍體好一會兒才轉身跟上，但還沒踏出腳步他就注意到房門上掛著一幅畫。那是一幅半身肖像，一名美麗的長髮少女抱著嬰兒，彷彿對著袁俊孝微笑。看到畫的瞬間袁俊孝幾乎有跟人對眼的觸電感，但更詭異的是嬰兒臉是空白的，什麼五官也沒有畫，袁俊孝看了一會兒才走出房間。

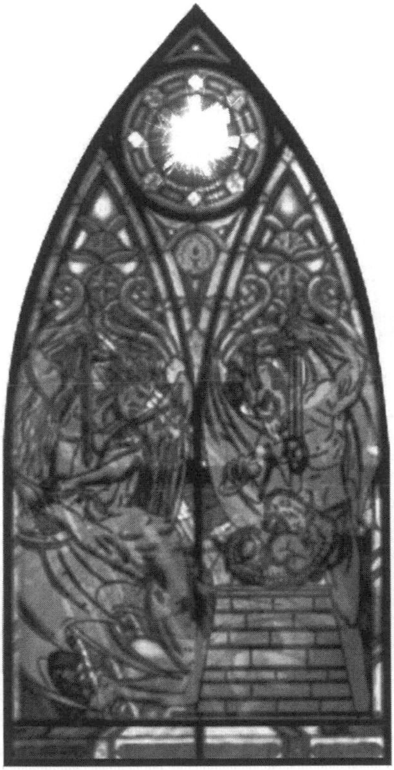

【倪軍啟房】

隔壁房間血腥味更加濃重了，落地窗一樣有天使與惡魔的圖案，整體是紅色調的，但不知道為什麼有好幾片破掉了，陽光直接灑進來明亮不少，但即便如此房間內還是聾罩著淡淡紅光。死者就坐在椅子上，頭傾向側邊，四肢部位的鐐銬是鬆開的。袁俊孝有股想移開目光的衝動，但他強迫自己仔細觀察眼前駭人的畫面。

死者手腳指甲與牙齒全被拔下來了，小山似地堆在桌上。椅子左側扶手的金屬盤全是血，下方的容器則是一片暗紅，顯然全裝裝滿了。死者右側腹部有駭人的開口，地上有顆暗紅色肉塊，附近有一把槍就掉在血泊裡。

「幹……」程景白對著屍體翻了白眼。「倪軍啟啊，你堂堂江海會老大，怎麼把自己搞成這樣？」

「死亡時間落在凌晨兩點到三點，手腳的指甲跟牙齒全被拔下來了，腎臟、生殖器也被切除了。」法醫指著死者跨下。「就血跡噴濺角度來看，可以確定是活著的時候取下的，至少心臟還在跳。地上的槍還沒檢查，看起來是一把克拉克，目前在浴室的門上找到兩個彈痕，房門上找到六個。門是隔音門，四公分厚，完全沒有被射穿，剩下兩顆子彈應該是用來射破窗戶。」

「嗯。」程景白點頭，拿起手機撥電話。「我是程組長，跟局長調支援來，倪軍啟死了。對，倪軍啟他媽的真的死了。」

「這個我猜是收集血用的。」鑑識人員指著左側扶手下的容器。「可能具有儀式意義或其他特殊用途，這還要釐清＊＊＊」

「等等，組長……」

「嗯？」程景白掛掉電話。

「你看玻璃的圖案……」

程景白皺眉看著玻璃，雙眼漸漸睜大。

「好像都吻合……左邊的天使拿劍取下惡魔的腎臟、陰莖、指甲和牙齒……對吧？那幾個部位都有血跡，然後左邊的惡魔把割下來的東西塞進那……」袁俊孝顯然看不出來那是什麼。

「胚胎，那是人的胚胎。」

「胚胎？這不會是什麼獻祭吧？可是……為什麼是天使動刀……」

「先去看其他死者。」程景白又看了窗戶幾眼才離開房間。

袁俊孝趕緊跟上，一轉頭他就發現門上又有一幅相似的少女肖像，但嬰兒頭部卻是朝向少女胸口，因此看不到臉。他沒有想太多，而是跟著程景白進入中央的房間。

如同鑑識人員所說，那裡沒有籠子和椅子，窗戶雖然也是相當華麗佈滿許多鑲金花紋，但並不是像其他房間那種大型花窗，門上方一樣有少女肖像畫，依舊沒有畫出嬰兒的臉。屍體就躺在床上，褲子脫到大腿上，陰莖難看地癱向一邊。沒有可見外傷，頭上罩著某種亮面面具。床頭櫃上放著一個玻璃杯，杯底有暗紅色液體。地板上有一把手槍，旁邊還有小夾鏈袋，裡頭放著幾顆白色的藥丸。

「這是窒息式性愛用的面具，初判是面具導致呼吸困難，窒息而死，可是……」法醫說。

「沒有掙扎的跡象？」袁俊孝一邊說，一邊低頭聞玻璃杯。

「對，我也在懷疑這個……很怪。」法醫嘖一聲。「你那杯聞起來是石榴汁，我會拿去一起跟那幾顆藥丸化驗，不過應該就是普通的搖頭丸。」鑑識人員指著地上的夾鏈袋。

「槍記錄過了嗎？」程景白問。

「有，沒沾血，你可以拿起來看。」

程景白戴上手套將槍拿起來，退出彈匣。

「貝瑞塔九二、九毫米十發剩六發，房間裡有彈痕嗎？」

「沒找到。」

「看有沒有能證明屍體身分的東西，如果沒有，調查完後就把面具拿掉。」程景白將槍遞給鑑識人員。

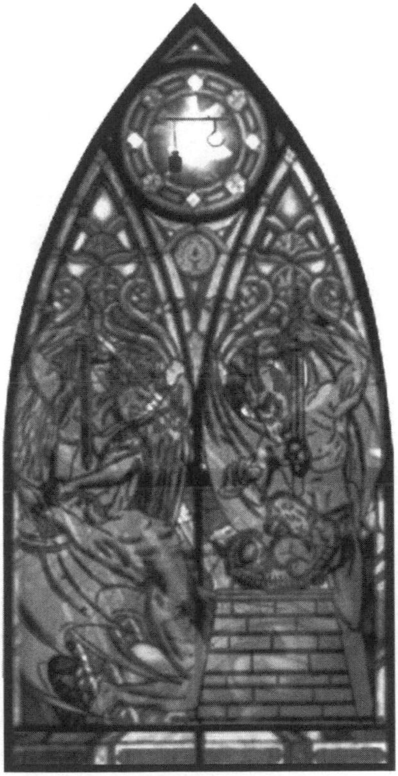

【韓長利房】

第四個房間又出現了牢籠和椅子，落地窗的圖案一樣室天使與惡魔，主色調是黑色的，因此房間頗昏暗。死者坐在椅子上，四肢並沒有被鐐銬固定。右手有局部燒焦的痕跡，左側扶手下方的容器則裝滿了血。大腿內側部分有大量血跡，似乎是致命傷，左手小指的指甲被拔掉了，無名指指甲雖然遍布刀痕但還在指頭上，一把沾血的手術刀就落在椅子下方，四處都是血跡。

「幹，他是韓長利，他媽的，議員啊。」程景白扶額看著屍體。

「議員？」袁俊孝問。

「媽的，死了他就大條了。」程景白嘆氣。

「死亡時間落在凌晨三點到四點，初判是股動脈被切斷，失血過多致死。右手的焦痕判斷是握住通電的籠子所致。至於左手腕的刀痕有深有淺，不是錯過血管，不然就是淺得出血效率不佳。」鑑識人員說。

「是兇手失誤嗎？」袁俊孝邊問邊寫下筆記。

「不確定，但就傷痕角度看來，都是死者自己透過金屬盤上的半圓刀片割的，血跡噴濺痕跡看起來也是。」鑑識人員在死者手腕上比劃。

「先帶我去看看最後一個人。」程景白說

「這邊。」

一轉過頭袁俊孝又看見門上掛著一幅肖像，雖然背景和衣服不同，但依舊是一名長髮少女抱著沒有臉的嬰兒。袁俊孝又注視幾秒才走到最後一個房間。

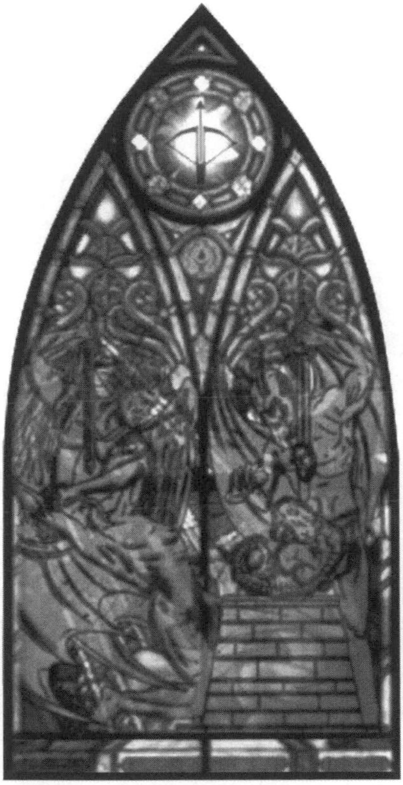

【林志忠房】

袁俊孝注意到程景白一到門口時就微微睜大眼睛，但隨即恢復正常。他正要發問，但一走進房裡時他就明白了，死者明明是男性但頭髮卻非常長，幾乎超過腰了。袁俊孝往門上看，果然又有一幅肖像，依舊是一名少女抱著嬰兒，和倪軍啟的房間那幅很像，嬰兒的臉靠在少女胸部上，看不到臉。袁俊孝不禁想著為什麼作者不願意把嬰兒的臉畫出來？

「這些針筒內的東西知道是什麼了嗎？」程景白問。

「還不知道，等等會採集化驗。」鑑識人員搖頭。

房間裡的落地窗是霧白色調的，有著與其他房間一樣的天使與惡魔圖案，除了最上面弧形的那塊玻璃，上頭還有個類似弓箭的圖案。袁俊孝這時才發現似乎每個房間最上層的玻璃花紋似乎都不一樣。

屍體臉朝地趴在地上，右手穿過籠子的空隙，伸向掉在外面的針筒。全身除了左手腕割傷沒有明顯外傷，左側扶手下的容器裝滿了血，桌子被翻倒，工具四散在地上，屍體附近則有四個空針筒。

「左手刀痕跟剛剛那個是一樣的狀況嗎？死者自己割的？」袁俊孝問。

「雖然很怪，但看起來就是這樣。死亡時間差不多，凌晨兩到四點＊＊＊」

雖然不很明顯，但門外傳來連續而密集的喇叭聲打斷法醫。

「幹，來很快。」程景白一邊抓頭一邊往別墅外走去。

不知何時別墅門口停了十幾台汽車，一堆黑衣人聚集在一起對警察叫囂。程景白才剛跑出去，就有一名警察被擊倒在地，其他警察紛紛掏出槍來指著他們。袁俊孝也將槍拔出來，跟著程景白狂奔。同時他看見站在最前面的平頭男將手伸進外套裡，他心臟幾乎要跳出來。

「幹什麼？拔出來啊，你拔出來啊。幹，非法持械通通抓起來。」

程景白跑到平頭男面前，手指著他外套裡的手。那人的手僵在那邊，雙眼死死瞪著程景白。

「你們小姐在路上了吧？她有說你們可以亂來嗎？倪軍啟帶出來的人都是這種襲警的垃圾？」

「叫王敬出來！」平頭男大喊，後方的人立刻附和。

「裡面的人現在通通都是嫌疑人，我不可能讓他出來。」程景白拔出自己的槍來。「我支援快到了，要火拼就趁現在，要不要打電話問你們小姐？我程景白陪你玩。」

平頭男用力咬牙，面目猙獰，最後他舉高右手，那些黑衣人立刻往後退一步。

「我等你們小姐。」程景白將槍收起來往回走，然後對著身後的警察大喊。「該幹嘛幹嘛去，快！」

附近的警察一個個把槍收起來，袁俊孝這時才發現自己手在發抖，心跳得非常快。他用力握拳又鬆開，希望能止住顫抖。

「倪軍啟年紀大了之後，江海會安分很多，現在聽說現在狠的是他女兒，等等她會來。」程景白說。

「女兒？」

「嗯，說什麼要轉型江海會，真他媽的。」

袁俊孝瞄了後方那些黑衣人一眼，想不出該要怎樣的人物才能壓得住這些人，更何況還是個女人。他們一回到別墅，看守嫌疑人的警察立刻跑過來。

「你們趕到後就一直有派人在他們旁邊吧？」程景白問。

「我都在旁邊看著。」

「他們有說些什麼或討論嗎？」

「除了情緒上的抱怨，其他都沒有。」

「嗯。」

程景白走過去，視線在眾人身上掃來掃去，最後停留在外國少女身上，他哼一聲。

「我是總局的程景白組長，這案子我負責。這次很大條，你們給我搞得很大條。」程景白環視眾人。「你們都在這裡過夜，對我來說就是直接參與本案，所以我會一個一個問話，請配合。」

程景白停頓一會兒，但出乎他的意料，這個案子居然跟他過去四十年的經驗不一樣，沒有人站起來大喊憑什麼將他列為嫌疑犯。

「誰是第一發現人？」程景白問。

人們立刻面面相覷。

「應該算是李小姐吧？」閻良看著那名年約二十幾歲的女人。

「咦？是、是我？」李宛玉看起來似乎又要哭了。

「我跟王敬是聽到妳的尖叫聲才跑上去，最早看到屍……死者的人應該是妳。」

「妳是李……」程景白問。

「李宛玉。」

「跟我來。」程景白比出請的手勢。

李宛玉看看眾人、又低頭一會兒才慢慢站起來，窄短的禮服幾乎讓她大腿裸露在外，但明亮的光線讓皮膚上的血管十分明顯，加上現在的氣氛實在稱不上性感。她跟著程景白和袁俊孝走進通往二樓的豪華雙開門，高跟鞋叩叩作響。

「妳昨晚在哪邊過夜？」程景白問。

「那邊。」李宛玉指著半圓樓梯上面。

「帶路。」

李宛玉點頭，拉拉裙襬走上樓梯。鑑識人員還在裡面忙著，李宛玉深深吸氣才走進去，冷冷看一眼屍體後移開目光。

「妳來這裡原因是什麼？」

「工作。」

「是來陪睡的吧？」

李宛玉斜眼瞄著程景白，雙手指著自己暴露的大腿當作回應。

「幾點到？」

「晚上八點多，做公司車來。」

「啥公司？」

李宛玉從包包裡掏出一張名片，遞給程景白。

「有跟誰一起來嗎？」程景白接過名片，上面寫著「愛窩club」。

「跟我帶的兩個妹妹，還有那幾個白的。」

「指定還是選的？」

「指定。」李宛玉皺眉。

「誰跟誰？」

「我跟我妹妹就是跟他。」李宛玉指著床上的屍體，不屑地哼一聲。「白的我不知道，去問我公司吧。」

「昨晚妳八點到後狀況怎樣？」

「在外面大廳等，大概九點就叫我們進去。裡面就五個老男人跟一個女的在吃飯，他們喝完酒就帶我們進來。」

「進去之後怎樣？直接開始？」

「沒有，剛進去沒多久就有人敲門，一個穿廚師服的女人送一杯果汁給他。」

「廚師……那杯對吧？」袁俊孝用筆指著床頭櫃上的玻璃杯

「應該吧，那時候只開夜燈看不是很清楚。」

「沒開燈？」

「他不知道在堅持啥，我哪知道，我要開還不給我開咧。」

「然後呢？」

「我們三個幫他脫衣服，他說先半套就好。」李宛玉冷笑。「軟得要命，才一下子他就受不了，要我們停。結果他跑到外面去不知道幹嘛，沒多久就回來了，一進來就要我們用嘴，好了又要我們吃藥。」李宛玉鼻翼皺了皺。

「這些白色藥丸對吧？」袁俊孝指著地上的夾鏈袋。

「嗯，我們怎可能吃，這胖子就拿出槍。我們還能怎辦？又要我們喝酒，沒多久我就暈了，跟喝醉一樣。」李宛玉咬牙，雙手握拳。「發生什麼我都不知道，也不知道是誰把那面具帶上去，反正醒來我就在床上看到他……這樣了。」

「妳有檢查過妳下面了嗎？有被上嗎？」

李宛玉用嫌惡的目光瞪著程景白，最後搖頭。

「之後妳就尖叫，然後其他人就來了對吧？」

「嗯。」

「誰先進房間？」

「問這幹嗎？」

「說。」

「一開始是那個短頭髮的，長頭髮的在後面。」

「再來呢？」

「再來能怎樣？在外面等你們來啊。」

「我說，其他人來了之後做了什麼。」

「不會講清楚哦？他們兩個進去沒多久，長頭髮的又跑出來，去敲那個門，短頭髮的也跟在後面。」李宛玉指著最右邊的房間。「然後服務生開始打電話，我拖他進去陪我把那兩個妹妹叫醒。」

「妳說昨天是廚師送飲料來的吧？」

「嗯。」

「認識或知道他在哪裡嗎？蔡怡君？」

「不認識也不知道。」李宛玉咬嘴唇似乎很不耐煩。

「他的司機呢？」程景白指著死者。

「一樣。」

程景白點頭，把李宛玉帶到門外走廊上。

「把另外兩個女孩帶上來。」程景白對旁邊的警察下令。

李宛玉雙手放在扶手上，看水晶燈發呆，不一會兒又轉頭看頭戴面具的死者，袁俊孝就站在她附近，竟在她眼裡看到幾分怨恨。高跟鞋的叩叩聲又響起，底下一樓大門打開，那兩名年輕少女怯生生地走向他們。

「進來。」程景白說。

「什、什麼，可以不要嗎？拜託。」少女幾乎快哭出來。

「進來。」

「不要！裡面有死人欸，死人！」

「若不配合調查，我只能把妳們列入嫌疑人。」程景白攤手。

兩名少女互視一眼，哭著走進去。接著程景白跟袁俊孝開始問話，得到的結果跟李宛玉完全符合，於是程景白把李宛玉叫進來。

「最後看到他活著的是妳們。」程景白指著床上的屍體。「最早看到他死掉的也是妳們，加上跟死者有……親密舉動，我得檢查妳們的所有物。」

「你們這些噁心男人也太誇張了，我們都吃藥昏過去了，還能做什麼？憑什麼懷疑我們？」

「李小姐，這只是例行性檢查，我們絕對不會扣押任何東西，也不會洩漏任何隱私出去。」袁俊孝說。

「我拒絕。」李宛玉頭撇向一旁。

「你們聽好。」程景白對著另外兩名少女說。「這情況下，如果妳們倆配合調查，在我主觀上的判斷，她嫌疑就會比妳們兩個大。」程景白說完伸出手。

她們立刻將他們身上的小包包拿出來，旁邊的鑑識人員接過檢查。裡面都是些化妝品、手機、保險套、裝飾品之類的雜物，沒什麼特別。

「李姊，妳就讓他們檢查吧，我們趕快離開這裡。」少女說。

李宛玉臉色越來越難看，最後她嘆口氣。「我想上廁所。」

「廁所看過了嗎？」程景白問。

旁邊的警察點頭。

「請。」程景白對李宛玉微笑。「但是很抱歉，嫌疑尚未解除的關係，請不要上鎖。」

李宛玉翻了白眼走進廁所，裡頭立刻傳來水聲。程景白站在門後沒有說話，似乎在等待什麼。突然他打開門大喊一聲，李宛玉就站在洗手台前，手上拿著一個手掌大的夾鏈袋往洗手台倒著，裡頭裝的是緻密的白色粉末。她一看到程景白就更用力地倒。

「幹，不准動！」程景白拔出槍對準她。

她似乎被嚇到了，愣在原地，程景白立刻衝過去將夾鏈袋搶下。

「盡快驗出來是什麼。」程景白將袋子交給袁俊孝。

「那只是心臟病藥！」李宛玉大喊。

「那如果那是心臟病藥，我這就是水槍，那妳怕屁啊？」程景白冷笑。

李宛玉沒有回應，而是愣愣地看著地板。這時鑑識人員走進來。

「組長，從僵硬程度判斷，死亡時間落在凌晨十二點到兩點。因為完全沒有外傷，屍體姿勢也算正常，如果不是這種環境，死因多半要寫心肌梗塞，真正的要解剖才知道。」

李宛玉聽到突然抬頭，雙眼睜得頗大，似乎很驚訝。袁俊孝瞇眼觀察李宛玉，但對方立刻又變回空洞的臉，只是多了點疑惑。

「明白。麻煩取樣她們的ＤＮＡ與死者陰莖上的比對。」

李宛玉一聽到便惡狠狠地瞪著程景白，但顯然對方完全不受影響。程景白帶著他們回到大廳，然後又看向眾人。

「哪位報警的？」程景白問。

高志穎有點遲疑但還是舉高手。

「你叫什麼？」

「我姓高，高志穎，負責宴會的服務生。」

「晚上睡哪？」

「我睡一樓，那邊。」

「帶路。」

高志穎領著程景白和袁俊孝往樓梯旁的門走去，高志穎打開自己的房間。這裡裝潢雖然也算不錯，但比起樓上要普通的多，就只是常見的加大雙人床，實木衣櫃與桌椅。高志穎的房間幾乎是空的，他只帶來一個小的行李箱，除了些梳洗工具，其他幾乎沒拿出來。

「什麼時候來這裡的？」

「昨天早上十點半就到了。我先到晶龍營建領車，然後再開過來。」

「晶龍營建？」

「對，這次聚會是他們主辦的。」

「嗯，認識或知道廚師在哪裡嗎？那個蔡怡君。」

「昨天是第一次見面。」高志穎搖頭。「今天我跟她約六點半準備早餐，但一直等不到她，我就先自己準備。後來七點多她還是沒來，我就去敲她門，但都沒有回應。我也有去外面找，一樣找不到人。後來我聽到尖叫聲跑進來，跟閻先生他們一起上樓，就發現那些……死人。後來王先生跟閻先生跑下來，打開蔡小姐的房間才發現裡面完全沒有人。」

「她們沒鎖？」

「對，王敬說一轉就開。」

「麻煩帶我去看看她的房間。」

高志穎帶著她們走到他隔壁房間。蔡怡君帶一個大包包來，但一樣除了梳洗工具外，沒拿什麼東西出來。袁俊孝發現桌上跟床頭櫃上都放著「玉神蓮仙宗」的經書。

「你房間裡應該沒有這些經書吧？」袁俊孝問。

「我房間沒有。蔡小姐她……應該是信那個教的，我看她有戴一個他們那種宗教的項鍊，昨天她還說什麼大奇蹟。」

「怎麼談到這個話題？」

「這個嗎？呃……昨天我看到那些女生年紀這麼輕，我就說這很噁心。她就說什麼沒關係，很快就有大奇蹟什麼的，反正我聽不懂。」

「大奇蹟……嗎？」袁俊孝寫下筆記。

「工作怎麼接到的？」程景白問。

「我在M外燴公司上班，平常就這樣到處支援。」

「蔡小姐也是？」

「她不是我公司的，她只說半年前就有朋友跟她約好這幾天來當主廚。」

「朋友？」

「對。」

「你們昨天早上十點半到這裡做什麼？」

「蔡小姐先到的，她好像是本地人。我跟她先把整棟掃過一遍，她說她要負責三樓，所以我負責一二樓，之後兩點我出發去接客人。」

「她自己說要負責三樓？」袁俊孝問。

「對啊。」

「怎麼說是本地人？」程景白問。

「我猜的啦，外面沒她的車，應該是朋友還是家人載她來的。」

程景白彈指叫來一名警察。「去蔡怡君家看看她是不是回去了。」

「你說客人是哪幾位？」袁俊孝問。

「其實我不知道他們叫什麼。總共三個人，頭髮長的、戴金色眼鏡的跟很瘦的那位。」

「時間地點說一下。」

「公司跟我說四點半到晶龍營建大樓等，我到的時候他們已經在了。」

「之後就直接出發到這邊來嗎？大概幾點到？」

「對，直接到這邊來，大約六點過後。」

「其他人知道幾點到嗎？」

「我沒記時間，七點前人都到齊了。我到之後是那個很壯的阿伯，他有自己的司機，就是王敬，長頭髮那個。他們大概是……」高志穎側頭。「抱歉，這我不太確定，大概六點半吧。」

「再來呢？」

「再來就是胖胖的，你知道……戴面具死掉的……嗯，他也是坐他司機的車來，不過那個司機一早就看不到人了，車子也不見了。之後就是趙小姐，最後是閻良跟他載來的阿伯。」

「趙小姐？晶龍營建的大小姐？」

「應該是吧，名子我是宴會時聽到的。她很年輕大概三十幾歲，看起來像是主辦的人。」

「哦，他們是來慶祝什麼東西的，對吧？」

「對，什麼湖岸再開發之類的……」

程景白冷笑一聲。「慶祝到幾點？」

「九點多。趙小姐到的時候就給我一瓶香檳跟杯子，要我一等到她信號就拿出來。她是九點的時候打信號的。趙小姐跟他們敬完酒後就叫出那些女生，他們就開始……那個。」

袁俊孝在記事本迅速寫著。

「香檳跟杯子都還在嗎？」

「杯子都洗了，香檳還在。」

「叫局裡的人去晶龍找人。」程景白對旁邊的警察下令。

「那些人有什麼特殊的要求嗎？」程景白問。

「呃……就那個戴面具的人，上去之前有問我有沒有石榴汁，我以為沒有，因為這種場合多半都是酒，果汁不是就是橘子汁或葡萄汁，很少有什麼石榴汁。但蔡怡君小姐說她在廚房有看到，說她去處理就好，我就直接進房間了。」

「之後還有再出來嗎？」

「沒有，累一整天一上床就睡著了。」

「有看過面具死者的司機嗎？」

「有。」

「之前認識嗎？」

「昨天是第一次見面。」高志穎搖頭。

「最後一次看到他是什麼時候？」

「他到廚房找蔡小姐的時候，應該是去說東西不夠吃之類的。」高志穎指向外面走廊的沙發區。「昨天她有準備晚餐放在那邊。」

「有聽到還是看到什麼奇怪的東西嗎？想到什麼就講。」

「嗯……昨天雨很大，我也沒出去外面。所以根本沒……啊，昨天半夜我有被吵醒一次，有聽到一種轟轟轟的聲音，應該是雷聲吧，不過連續好幾聲，沒聽過這麼密集的。」

「轟轟聲？」

「嗯……我也不會講，大概就是雷聲吧。」

「好，謝謝你的配合。」

高志穎大大鬆口氣，跟他們走到大廳。袁俊孝請高志穎帶他去二樓廚房，他拿起最後五名死者一起喝的香檳瓶，然後交給鑑識人員，請他特別化驗。等他走到大廳時，程景白已經跟閻良在說話了。

「閻良是嗎？你好像跟我們袁小隊長認識，所以我信任你，說說看你的狀況。」程景白說。

「有人包車要我載兩個人上來這裡，大概兩個禮拜前，一個女人打的，跟我約昨天下午四點。」閻良說。

「兩個人？可是你不是只載那個周森青？」

「是啊，可我去接人的時候就只有那個阿伯在等。他又要我盡快盡快，我能怎辦？」閻良攤手。

「到得時候幾點？」

「六點四十幾分吧，那時候雨有夠大，一個穿西裝的開門給我進去。然後一個短頭髮的女的出來帶他上二樓。我要去我房間的時候，阿伯就吐了，是我跟那個穿西裝的把他搬進房間裡。」

「之後你就一直待在房間裡？」

「沒有……我晚一點還有去市區一趟。」

「去市區？」

「對。」

「幾點出發？去做什麼？」

「抱歉，私事，我大概快十點的時候出發。」

「不論是什麼私事，請跟我們說協助調查。」袁俊孝說。

「抱歉，私事。」閻良皺眉。

「如果今天調查後你有重大嫌疑的話，你就得詳細說明，現在你可以不用說。」程景白伸手拍袁俊孝肩膀。「你幾點回來這裡？」

「大概四點多。」

「有聽到或看到什麼奇怪的東西嗎？」

「有哦，我轉進湖的那條小路沒多久，就有一台車從前面開過來，他媽的開很快，還給我開遠燈，搞不好就是那個不見的司機。」

「哦？」袁俊孝側目看著閻良。

「哦什麼？有行車紀錄器啊，自己拿去看，這就是不在場證明。」閻良遞出鑰匙。

「那個拍不到人。」閻良接過鑰匙，交給旁邊的警察。
「不信可以去調路上的便利商店監視器，我喝咖啡才過來的。」
程景白對接過鑰匙的警察使了眼色，那名警察點頭離去。
「還有什麼奇怪的東西嗎？」程景白問。
「我昨天快回到這裡的時候……天上有四個很亮的光。絕對不是幻覺，我看得很清楚。」
袁俊孝跟程景白對視一眼。
「大概在哪裡看見的？」袁俊孝問。
「岔路進來快到別墅的路上。」
「你沒喝酒吧？」
「廢話，當然沒有。」
「形容一下。」程景白說。
「看過耶穌光吧？從雲透出來那種光柱？大概就是那種，不過你看不到是從哪邊透出來的，反正就是半空中突然亮起來一樣。」
「維持多久？」
「我不知道，我停好車想再看就不見了。」
「嗯……你早上幾點醒來？」程景白問。
「七點五十，我以為是鬧鐘，所以有看到時間。」

「之後呢？」

「我聽到尖叫聲，然後跟王敬和那個高……什麼的一起上去，就看到那些屍體跟外國妹。」

「嗯，之前你認識廚師李宛玉或者吳佳志嗎？就是面具屍體的司機？」

「昨天都是第一次見面，一大早起來就都沒看到他們了，搞不好昨天開車的就是其中一個，也可能是兩個人啦，自己去看行車紀錄器吧，雨很大不可能看得清楚。」

接下來三人走進閻良的房間，裡頭一點私人用品也沒有，除了床跟浴室有使用過的痕跡外，其他就像沒人碰過一樣，他們簡單看過後便走回大廳。

「王先生。」程景白舉高手。

王敬點頭走過去，他的房間跟閻良一樣，除了床跟浴室外，幾乎什麼沒有使用痕跡。

「昨天是幾點抵達這裡的？」

「六點半左右，我老闆去二樓，我在這等。」

「所以你從六點半後就沒遇過你老大了？」

「嗯。」

突然有一名警察跑了進來，對著程景白耳語，眼神不斷看著王敬。

「王先生，你是特戰退伍的人？」程景白說。

王敬點頭。

「請協助搜索。」程景白指著他的手提包。

「車子也要吧？」

「對。」

王敬將鑰匙掏出來，交給旁邊的警察。然後他把手提包打開，除了盥洗用品，什麼也沒有。

「所以……你昨天六點半過後一直待在一樓？」

「嗯，一直到早上聽到尖叫聲才出去。」

「閻良比你還要早出來對吧？」

「嗯。」

「你看過你老大屍體了吧？」

王敬注視程景白好一會兒，然後點頭。

「有想到是誰殺的嗎？」

「不知道。」

「我覺得那八成是刑殺。」

王敬沒有回應。

「你們的人在外面你知道吧？」

「嗯。」

「給點消息，我就把你帶回警局，不然老大死了你出去不好交代吧？」

「我們小姐來了嗎？」

「還沒。」

王敬不再說話。

「走，去你老大房間。」程景白看著王敬的眼睛好幾秒，然後領著他們走到三樓，恰好鑑識人員走出來。

「組長，面具剛拿下來了。」

「哦。」程景白走進去。

袁俊孝站在門口也看到屍體的臉。就跟身材一樣，臉部相當臃腫肥胖。王敬也往裡頭看一眼，突然他揚起眉毛。袁俊孝用眼角觀察王敬，但對方的表情立刻又回復到若無其事的樣子。

「快查是誰。」程景白說。

一行人來到倪軍啟的房間，煉獄般的場面與血腥味又再次撲來。

「唉，他媽的……」程景白搖頭。

王敬只是看著屍體，面無表情地沉默。

「過來這邊看。」程景白輕推王敬的肩膀。「這是行刑，看得出來吧？」

程景白銳利的目光在王敬身上掃著，但對方還是一張撲克臉。突然王敬的手機響了，他拿起電話看一眼。

「你小姐到了？」

王敬點頭。

「你還不能見她。」程景白說。

一行人回到大廳，程景白直接往大門走去。

「欸，可以出去抽菸吧？」閻良對程景白大喊。

程景白看也不看閻良一眼，直接對旁邊的警察彈手指。

「帶到後面去抽。」

＊＊＊

倪彤雲從車上下來，完全無視一旁吵鬧的信徒。大眼挺鼻的她算得上是美人，可能才三十歲出頭。眼神給人堅定果斷的感覺，英氣十足。一頭漂亮的黑色直髮散落在她的背上，纖細的身材讓原本就不矮的她顯得更高了。程景白走過去，對她揮揮手。

「好久不見了，倪小姐。」

「程組長。」倪彤雲點頭。「王敬在哪裡？」

「抱歉，他現在還是有嫌疑，暫時不能對外溝通。」

「我爸……」

程景白直視倪彤雲的眼睛，然後輕輕點頭。

「我要看他。」

「他現在很……」

「我不怕。」

＊＊＊

閻良在後面的露天泳池抽菸，滿腦袋想的都是周森青的旅行袋。早知道他會忘記，當初就應該整袋……。突然他伸手打自己一巴掌。

「你已經不是那種垃圾了，你只是借錢，不是偷錢……」閻良喃喃自語。

門又打開了，王敬跟袁俊孝走出來。王敬迅速掏出一包菸跟打火機，點燃用力吸一口，彷彿那才是氧氣。

「之前就認識李宛玉或者面具死者的司機嗎？」袁俊孝問。

王敬緩緩吐菸搖頭。

「昨天有什麼奇怪的事情嗎？看或聽到什麼？比如很密集的雷聲？」

「這個……」王敬搖頭。

「你有看到光嗎？你房間是那間對吧？」閻良指著王敬的房間窗戶。「往外看應該就看的到。」

「你看到的……是水上面的？」王敬皺眉。

「哦，我看到的是在天空中，也有反射到湖上哦？」閻良拍袁俊孝的肩膀。「欸，別人也有看到。」

袁俊孝躲開閻良的手，在筆記本上寫字。一名警察走過來，將王敬的車鑰匙交給袁俊孝。

「袁隊，車子都乾淨，沒什麼東西。還有翻譯到了在找你。」警察說。

「抽菸完請立刻回到大廳。」袁俊孝將鑰匙還給王敬，然後指示那名警察留下來後大步走向別墅。

＊＊＊

任誰看到這種慘狀都會感到害怕，但倪彤雲就是沒什麼反應。她不哭不怒，就只是看著父親悽慘的屍體。

「你千萬不要動手，交給警方。」程景白說。

「這是行刑，對吧？跟外面那些邪教的人有關嗎？」

「還在調查中。」

「查到什麼可以隨時跟我說嗎？」

「一定會。」

「謝謝。」

程景白帶倪彤雲離開房間，走到大廳時，周森青突然站起來，雙眼睜大看著倪彤雲。

「啊！啊……」周森青指著倪彤雲，嘴裡唸沒人聽得懂的句子。

旁邊的警察立刻上前要他坐下，倪彤雲皺眉看周森青一眼，然後走出大門。這時袁俊孝從沙發上站起來，對著程景白揮手。

「哪國人？」程景白走過去問。

「烏克蘭。」翻譯說。

「都幾歲了？」

「都不到二十。」

「什麼時候入境？」

翻譯問那些烏克蘭少女，其中一名短髮少女的看了其他人之後回答。

「前天，從那個……基輔、基輔機場出發，入境後先住在機場飯店。」

「所以是有人會去接他們？」

「本來約好要接她們的人沒去，所以是公司的人接的。」翻譯得到回應後說。

「本來約好的人？」

「對，她們說是個女人。」

「知道那女人叫什麼名子嗎？」

聽翻譯問完後，少女們搖搖頭。

「她說她們不問這個。」翻譯說。

「是那女人叫的嗎？」

少女們再次搖頭。

「她們不知道，只知道半年前就付錢了。」

「半年前？問她們有沒有什麼特殊要求？」

少女們聽完翻譯的問題後紛紛點頭。

「她們說有指定開始之前，要把客人固定在椅子上，然後關上籠子，最後再替客人注射一種……興奮劑。」

「興奮劑？問問看是先給她們還是來這裡才給。」

「來這裡才給，就放在房間裡，桌子最右邊的紅色針筒。」

「請她們帶我去看。」

少女們一聽到又要上去又啜泣起來，那名短髮的少女對其他人說了一些話，然後她們一起站起來。程景白立刻對翻譯投出疑問的目光。

「就只是一些要堅強的話之類的。」翻譯聳肩。

程景白直接帶她們往倪軍啟的房間走去，一到裡面少女哭的哭，作嘔的作嘔，幾乎沒人敢直視屍體。

「問她們指定注射的針筒是哪一個。」程景白問。

翻譯立刻詢問短髮少女。程景白則走到一名鑑識人員旁邊。

「那些行刑用的工具都記錄好了嗎？」

「都記錄好了。」

「每個房間的工具、數量都一樣嗎？」

「都一樣，簡直就像工具箱一樣。」

「組長，指定注射的就是那個，紅色的。」翻譯指著桌上的紅色針筒。

「盡快驗。」程景白對著鑑識人員說，然後轉頭看向翻譯。「問問看住這間的人死者什麼時候開槍的。」

翻譯問完後，短髮少女說話了。

「她說手機統一都放在外面，她無法確定時間，大概是進浴室後一小時內。」等翻譯說完，少女又補上幾句。

「她說她一聽到槍聲就嚇得退到最後面，結果浴室門立刻被射穿。」

「那把槍是克拉克十七對吧？十發？」程景白問。

「對，克拉克十七，十發彈匣全空了。」鑑識人員說。

「除了注射，還有什麼特殊要求嗎？」程景白問翻譯。

短髮少女簡短說幾句話，翻譯點頭。

「注射完後，不管客人怎麼說，就是要先去洗澡。」

「洗澡之後呢？」

翻譯問完，少女們面面相覷，突然都重複說著同一個句子。

「門一關就上鎖了。」翻譯說完可能也覺得奇怪，立刻再確認一次，但顯然得到相同的答案。

「鎖上？」程景白問。

「對。自己鎖上的，怎樣都打不開。」

「然後呢？」程景白對旁邊的鑑識人員揮手，然後指向浴室門鎖。

少女們突然輪番說話，似乎連她們都感到很疑惑。

「嗯……她們說浴室裡面有一張紙，上面用烏克蘭文寫『大聲唸給客人聽』，然後下面是英文。」

「念什麼？」

「她們也不知道。」

「怎麼可能不知道？」

「她們說要念的內容是用英文字母拼的，念得出來但理解不了，而且她們說聽起來就像是中文。」

「紙呢？」

「都溶掉了。」

「溶掉？」

「她們說紙上還有寫『念完把紙丟進水裡』，她們丟進水裡就真得溶掉了。」
「一定還有殘存的部分吧？問她們在哪裡。」
翻譯這次花比較長時間與少女們溝通，還伴以各種手勢。
「沒有任何部分留下來，她們說紙一碰到水就整個化開了，就像鹽碰到水一樣。」
「媽的，水溶紙？問問看記不記得念什麼。」
少女們互相看著彼此，似乎在思考，直到那名短髮少女說了兩個音，其他少女紛紛附和。
「看哪？」袁俊孝皺眉學他們發音。
那些少女們立刻指著袁俊孝頻頻點頭，說著同樣一句話。
「開頭就是這兩個字，聽起來是『看哪』。」
「還有其他的嗎？」程景白問。
翻譯問完，少女們低頭思考一陣，然後搖頭。
「之後她們就一直待在浴室裡，等早上閻良跟王敬過來開門？」
「對。」
一名鑑識人員走過來。
「組長，鎖有兩道固定機構，一個是一般的彈簧，另一個的話……」鑑識人員指著一個縮進去的鋼條。「可能是手動或電動固定的。外觀看不到明顯的電線，可能藏在門內，要拆開看才知道。」

袁俊孝沿著門的邊緣觀察，結果在天花板的夾層裡看到某種光亮一閃而逝。

「那個……」袁俊孝手指向天花板。

「咦？」鑑識人員拿椅子過來，最後拆下一個黑色盒子。

「這是……監視器。」鑑識人員指盒子上的微型鏡頭。

「麻煩快把內容調出來，還有去另外其他房間檢查是不是也有。」袁俊孝說。

「問問看她們，昨晚有沒有聽到或看到什麼怪事。」程景白說。

翻譯問了之後，少女們討論一會兒，但大多搖頭。程景白接著又帶他們一個一個房間進去，但得到的結果大同小異。袁俊孝趁機又看一遍那五幅掛在門上的少女肖像，突然他發現倪彤雲雖然跟畫裡的少女長不一樣，但都有一頭烏黑長髮，遠看還有點神似。接著他視線轉移到沒有五官的嬰兒上，他到現在還是無法理解，只覺得越看越詭異。

***

閻良低頭看著手機上的訊息，手用力握得指結都變白了。他把手機收起來，靠近周森青。

「阿伯，你真得很會畫圖。」閻良說。

周森青至始至終一直在低頭拿著鉛筆作畫，聽到閻良說的話後他稍微停筆，微笑後繼續畫。

「阿伯，等等就要走了，你行李在哪裡……我先幫你搬到車上好不好？」

「什麼行李？」

「昨天你不是帶一個包包？」

「我幹嘛要包包？我又沒有包包。」周森青皺眉，好像覺得閻良連一加一答案是多少都不知道。

二樓的門打開了，程景白、袁俊孝還有那些外國少女們走下樓梯。

「周先生，這邊請。」

閻良走到程景白旁邊。「他有點老人癡呆，所以……」

「我知道，周先生，請配合。」

見對方沒有反應，程景白走向前拉起周森青的手臂。周森青突然大叫，撥開程景白的手，像舉刀一樣拿著筆當武器。旁邊的警察立刻架住他，筆落到了地上。

「你們警察沒有用，沒有用！只會欺負人，沒有用！」周森青歇斯底里地大喊。

程景白沒有說話，只是看著周森青。漸漸地老人攤在警察身上，就像是斷線的魁儡，警察慢慢將他移到椅子上。袁俊孝拿起鉛筆和素描本，蹲在周森青旁邊。

「周先生，這裡比較暗，改去那邊畫圖好不好，比較亮。」

「比較亮？比較亮好。」周森青立刻站起來，像是忘記剛剛發生的事情。

袁俊孝在前方帶著他走，一行人走進客室走廊。

「周先生，你昨晚睡哪？」程景白問。

「家裡啊。」周森青閒聊似地回答，彷彿再正常不過。

「你住這裡吧？我是問你住哪一號房？」程景白指著前方的房間。

「不知道。」周森青瞇眼看眼前房間。

「你怎麼來的？」

「不知道。」

「你昨天有去哪邊嗎？怎麼鞋子都是土。」

周森青彎腰看自己的鞋子，雙眉緊皺起來，彷彿剛剛才發現自己腳上有泥土。

「周森青先生，你幾歲了。」

周森青突然蹲下來，雙手抱住頭嘴裡發出呻吟，看起來很痛苦。袁俊孝突然對程景白打手勢，然後將素描本拿給程景白，程景白一看立刻揚起眉毛，對袁俊孝耳語，然後袁俊孝點頭離去。

「周先生，請問你以前有來過這嗎？」

「我就住這啊……」周森青依舊蹲在地上。

「你什麼時候開始住這？」

周森青又抱頭思考，始終沒有回應。程景白索性不講話了，坐在沙發上等待，不久袁俊孝拿手機走回來。

「他從來沒有上去過三樓。」袁俊孝小聲說。

程景白臉色變了，又看著周森青的素描本，過一會兒他叫來一名警察。

「現在立刻拼出來。」

「是！」

原來周森青的素描本上畫著四扇窗戶，不論是上面的圖案或者是比例，居然都跟死者房間的大型花窗幾乎一模一樣。更令程景白驚訝的是，就連被倪軍啟開槍射破的玻璃也畫出來了，上頭有著類似劍的圖案，不過兩頭都有刀刃。

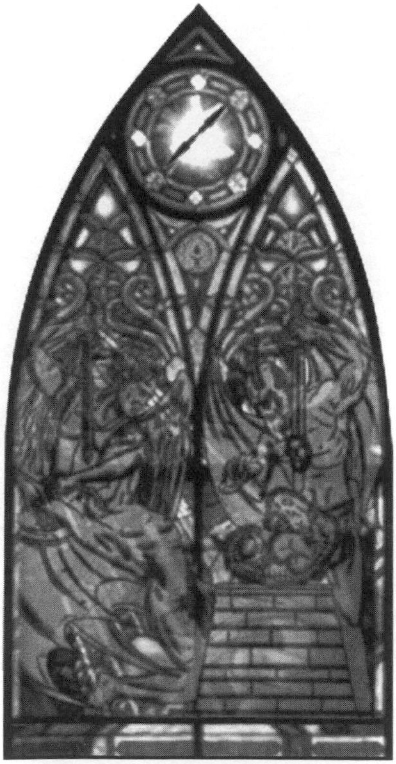

【倪軍啟房】

「周先生，你昨天住這裡還記得嗎？」程景白問。

「這裡是我家，這裡是我家啊！我當然住這裡。」周森青腳踱地板，似乎很不耐煩。

程景白嘆氣，袁俊孝又拿手機走到程景白旁邊。

「組長，便利商店監視器調出來了，閻良沒問題。」

程景白探頭看手機，上面是閻良在櫃檯前結帳的畫面，解析度頗為清楚，一看就知道是閻良。

「行車紀錄器的話，雖然沒有紀錄去程的，但從市區回來的路上是全程錄影，時間也跟他說吻合，可以證明他昨晚的確是在市區，時間上來說不可能是兇手。至於閻良說昨晚從這裡離開的車子，畫面這在。」

手機上出現汽車行駛的畫面，不久遠方出現一個光點，越來越亮，害整個畫面幾乎是白的。接著傳來閻良的咒罵聲，汽車急停在路邊，畫面總算又暗下來，那台汽車唰地一聲經過，但駕駛臉譜與特徵完全無法辨識。那身影就像身軀矮小的人駕車一樣，頭跟身體非常前傾，但詭異的是那人身軀卻比常人還要大，看起來就像胸口整個貼在方向盤上駕駛，非常怪異。

「叫閻良進來。」程景白說。

「啊！啊……」周森青指著程景白手上的素描本，手不斷顫抖。

程景白想一會兒，將素描本還給周森青，還順手給他一支筆。對方接過後又開始畫起來。不久門打開了，閻良跟袁俊孝走進來。

「之前你有載他來過這裡嗎？」程景白問。

「昨天是第一次。」閻良說。

「包你車的人電話號碼多少？」

「不知道。」閻良將手機遞給程景白。

手機只顯示未知來電四字，沒有號碼，來電時間確實也是兩個禮拜前。

「你先前知道他有老人痴呆嗎？」

「誰知道，他上車一直問我是誰我才發現。」

「他有什麼奇怪的舉動嗎？除了老人癡呆之外。」

「沒……有。」閻良用力吞口水。

「你在哪裡接他的？」

「這裡。」閻良打開他寫下地址的紙條照片。

「嗯。」程景白拿出手機拍下地址。「你說你是四點多回來這裡的吧？他房間有什麼奇怪的地方嗎？」

「沒有吧，我幹嘛要注意？」

「早上呢？你跑出來的時候，他房間有怎樣嗎？」

「我就只是跑出去，沒仔細看，門是關上的，很正常。可是之後我跑下來找他，人也不在房間裡。最後是在游泳池後面找到他，他在那邊畫圖。」

「帶路。」

閻良帶程景白和袁俊孝往外走去，越過那排移植的樹木後，停在花崗石階梯，然後伸手指下面的看台。

「嗯。」程景白點頭。

這時一名警察跑過來遞出一支手機給程景白。

「組長，玻璃拼出來了。」

手機上顯示一張碎玻璃的照片，明顯還缺一些碎片，但花紋依舊看得出來是一把雙頭劍，幾乎跟周森青畫的一模一樣。程景白看一眼就立刻往屋內走去。

「除了議員跟倪軍啟，另外三個人查出來是誰了嗎？」程景白問。

「還沒，死者行李跟身上完全找不到身分證明文件，現在還在等待指紋比對。」警察說。

「嗯。」

周森青顯然還忙著繼續作畫，手不斷在紙上舞動。程景白快步走到周森青旁邊，嘴巴才打開一半就愣住，雙眼緊盯著周森青手上的畫。沒想到他畫的四扇窗戶旁邊竟然都寫上了人名。雙頭劍紋的窗戶旁邊寫著倪軍啟，弩箭花紋旁邊寫著林志忠，一種長條狀的花紋旁邊寫著韓長利，杖紋的窗戶旁則寫著劉豐司。

「周先生，你這些窗戶真的很漂亮，你還要畫第五個嗎？」袁俊孝在周森青旁邊蹲下來。

「看哪……看哪……」周森青低頭喃喃自語。

「咦？」袁俊孝揚起眉毛。「周先生，要看……什麼？」

周森青突然抬頭瞪著袁俊孝，雙眼睜得非常大。
「你是誰，你們是誰？」
「我們是＊＊＊」
「兒子，他們是誰？」周森青看著閻良喊。
「我們是警察。」程景白說。
「混蛋，警察都是垃圾，沒有用、沒有用啦！」
周森青歇斯底里地大喊，接著他猛然跳起，一掌打向程景白的頭。程景白往後閃去但太遲了。他被結實地打中頭頂，袁俊孝想拉住周森青，但程景白速度更快，直接擒拿住周森青將他押在地上。這名老人開始哀號哭泣，鼻涕跟口水都混在一起噴出來。
「喂！你憑什麼對老人動手？」閻良大吼想推開程景白卻被袁俊孝拉住。
「去查他寫上的人名，立刻搜他的東西。」程景白下令。
「媽的，放手！他不可能是兇手！」閻良又喊。
「不可能？你沒看過殺完人再裝瘋的瘋子啊？，他現在就是第一嫌犯！」程景白大喊。
「你又知道他是裝瘋？」
「閻良，你不在場證明已經確認了。」程景白拿出手銬將周森青銬起來，又伸手叫來一名警察。
「資料留給他，你可以走了。」
「他包了我的車，我要載他走！」

程景白睜大雙眼怒瞪閻良，似乎就要發難。這時一名警察從周森青的房間跑出來，手拿另一本素描本。程景白一看雙眼立刻瞇起來，又迅速翻了幾頁。

「你放心，我親自護送他到警局。」程景白冷笑。

「媽的，你這個爛警察……」

程景白將素描本拿起來，閻良永遠想不到上面畫著的居然是三樓房間裡的金屬籠與椅子，而且就連尺寸，機構和桌上的工具數量都有交代。

「出去，不然我用干擾調查的名義逮捕你。」

「誰知道那是真是假，只會欺負老百姓，跟他講的一樣，你們警察＊＊＊」

袁俊孝不等閻良說完，立刻將他推到門外。

「你就別再亂了，資料留下快走吧。」袁俊孝低聲說。

閻良甩開袁俊孝的手，瞪視對方，嘴唇上下張闔似乎想說什麼，但最後還是低頭離開。袁俊孝嘆氣往回走，周森青駝背坐在走廊中央的沙發上，遠看幾乎萎縮成一團。程景白旁邊站著一名鑑識人員，一看到他就揮手要他過來。

「檢查完了，那四個房間的籠子、浴室門鎖都是電控的，就連房間門也是。」鑑識人員說。

「房間門也是？」袁俊孝問。

「對，我們到的時候門都是開的，所以沒有注意到，但跟浴室門一樣，都有第二道固定機構。只要一關上浴室門，第二道鎖就會鎖上，籠子也會通電，全部都設定成早上七點半解除。還有，房間牆裡全都是隔音材料，只要門一關上，隔音效果很好，外面幾乎聽不到裡面的聲音。」

「完美的行刑場地是嗎？」袁俊孝喃喃自語。

「別忘了門都沒有破壞痕跡，兇人怎麼可能待到早上七點半才離開？」程景白說。

「嗯……浴室裡的攝影機呢？」袁俊孝問。

「除了中間的，其他四個房間都有。拍攝角度很窄，用看得比較快。」警察從包裡拿出一台筆電。

角度是由上往下拍攝，入鏡範圍非常狹小，幾乎就只看到門而已，浴室內部是一片黑。

「鏡頭壞掉了？」袁俊孝問。

「不是，是因為鏡頭一部分用黑色膠帶貼上了，所以沒辦法拍到裡面。」

「哦……」

「沒有聲音？」程景白問。

「對，收音的部分被破壞了。」

「指紋呢？」袁俊孝問。

「乾淨的，四個攝影機都一樣。」

鑑識人員繼續操作電腦，四名外國少女都在九點十分到二十分內走進浴室，之後幾乎看不到少女的身影。倪軍啟房間的浴室門在九點五十三分時被槍射破，再來就是早上八點少女敲門的畫面，其他三個監視器也差不多。

「雖然才隔一道門，但這幾乎是不在場證明，浴室裡面的窗戶人爬不過。」袁俊孝抓著鬍渣。

「太刻意了。」程景白哼一聲。「姓名呢？周森青寫出來的名子查得怎樣了？」

「查到了，焦屍的名子是劉豐司，退休的地質教授，現在偶爾還會去K大學兼課。但臉都燒了還不算確認，要等牙科紀錄。另一個長頭髮的是林志忠，這個確認了，他是玉神蓮仙宗的法師。面具屍體的話……」

「盡快。」

「組長，家屬要先連絡嗎？」袁俊孝問。

「不要，我要直接解剖，晚上我就安排這五台刀，不然家屬絕對會吵。」

袁俊孝雖然覺得有點不妥，但還是點頭。他拿起周森青的素描本，看著那四扇窗戶旁邊的空白處，彷彿那裡有第五扇窗戶跟人名似的。

＊＊＊

「這地址是你現在住的地方？」

閻良點頭，看都不看警察。

「這是你父母親的家還是你自己租的？」

「租的。」閻良皺眉。

「你可以離開了，兩個禮拜內請不要到外地居住。」

閻良手機響起，他沒有理會警察直接接起。

「有人出價比你高兩倍，快。」

電話那頭的人說完直接掛掉，閻良楞住一會兒然後咬緊牙關，似乎決定了什麼事情，他掏出紙筆一邊喃喃自語一邊寫著。

「倪軍啟……江海會老大，林志……噴……」閻良緊閉雙眼深呼吸。「忠、林志忠。再來……」

閻良搖搖頭，顯然再也想不起。他往通往客室的門走去，恰好程景白跟袁俊孝開門走出來，另一名警察押著周森青跟在後面。袁俊孝一看到閻良就走過去擋住他。

「你又要幹什麼？」

「我要跟我乘客說話。」

「他現在是重大嫌疑人，你不能跟他說話。」

「他還沒付我車錢欸！就兩句話！」

閻良推開袁俊孝，周森青的素描本掉到地上，兩人幾乎要打起來。

「姓閻的，立刻離開，否則我直接逮捕你。」程景白大喊。

閻良鬆手，撿起地上的素描本雙眼不斷看著。「周森青會被帶到警局？」

「依法羈押。」袁俊孝搶過素描本。「請不要再干擾調查。」

等袁俊孝離去，閻良再次掏出紙筆在上面寫字。他看著上面的人名想著該如何進行下一步，這時手機又響了，是他的老乘客。

「喂？」

「閻良？下午四點在T市法院前可以嗎？」

閻良思考了一會兒點頭。「沒問題。」

＊＊＊

法院外通常有三種人，贏了的，輸了的，還有靠輸贏賺錢的。這種人比較少，其中之一恰好上了閻良的車。

「回家。」律師說。

「OK。」

律師吹著口哨，看著汽車螢幕裡的廣告。裡頭兩個小嬰兒穿著尿布打來打去，一個說自己爸爸比較高，一個說自己媽媽比較漂亮。

「生意好？」閻良問。

「壞不了，這兩個小嬰兒再比下去長大都會是我的客戶。你呢？生意好不好？」

「不好，最近有點麻煩，聘你打官司要多少錢？」

「看你，如果只是偷點東西還是吃點小藥，沒必要拿一台車來換，初犯去『進修』個幾個月比較划算。」

「不行，我現在不能被關。問你，要怎麼把一個被羈押的嫌疑犯搞出來？」

「什麼時候被抓？」

「今天。」

「那簡單，羈押只能二十四小時。時間內法官沒同意收押就一定要放人。」

「這麼簡單？」

「對，如果有精神病那更穩，當然警察要拖也是可以。」

「他腦袋的確有問題的樣子。」

「那去找醫生拿病歷，穩放人。」

「如果警察拖要怎麼辦？」

「簡單啦，找媒體去警局拍拍照。」

「有其他方法嗎？」

「哦，你要低調？那你掰個不在場證明，很假也沒關係，反正警察八成會放人。」

「哦？為什麼？」

「他們怕是真的啊，如果是真的他們就出大事了。怎麼，你要打官司？」

「這個……」

「一小時兩萬五，不打折。」律師說。

「靠，貴死人。」

律師聳肩，閉上眼睛養神。閻良安靜地開車，最後在一棟豪華酒店式管理大樓停下。律師拍拍閻良的肩膀，打開車門。

「欸，車錢啊！」

「剛剛那個算法律諮詢，算你兩千吧，不用找了。」

律師甩上車門離去，閻良好笑地搖搖頭，再次思考剛剛得到的資訊。他拿起手機，撥電話給送他發光玉像的「同事」。

「幹嘛？」

「你們之前不是有搞過假鴿子？」

「幹嘛？」

「東西借我。」

＊＊＊

天色已經暗下來了，湖邊路燈顯然都沒通電，整片都是黑的，只有映著夕陽的湖面泛著粼粼金光與遠方海面相互交映，顯得十分美麗而神祕。這時從二樓看出去，袁俊孝勉強可以看見在水下的跨湖橋橋墩。這座橋在落成時相當轟動，遊客上橋後可以沐浴在金色湖光之中，可惜地震時塌得只剩橋墩還算完好。

袁俊孝觀察面具屍體的房間，這裡沒有金屬籠子和椅子，窗戶雖然裝飾華麗但並不是像其他四個房間那種大型花窗。依照他的經驗，在這種儀式性殺人的案件中，再小的細節都有其意義，房間擺設與裝潢之類的東西，往往是兇手腦中「神喻」或者「天命」的一部分，也是破案關鍵。

「你也覺得這房間很有問題？」程景白走進來。

「對，這裡怎樣都很怪，沒有籠子，沒有椅子，也沒有那種大型花窗。我查過了，那種大型的窗戶主要都不是為了採光或透視外部。」

「不然是用來做什麼？」

「因為面積巨大，除了裝飾，更重要的是承重的功能，跟牆一樣。」

「所以是……透光的牆？」

「可以這樣說，可是為什麼這裡的大型花窗下方又要做成透明的？」

「看湖用的吧？」

「組長、袁隊，屍體跟證物差不多了。」一名警察敲門。。

他們走到地質教授劉豐司的房間，屍體已經被送走了，證物也收集得差不多。一名鑑識人員拿工具蹲在椅子旁邊。

「這裡面有電子秤。」他拿螺絲起子指著椅子左邊扶手下的容器。「只要血流下去超過一定重量，手腳的鐐銬就會打開，裡面也有電磁閥。」

「知道要多重嗎？」袁俊孝問。

「確切要接電腦才知道，可是看這容器，了不起就五六百毫升。這也解釋了為什麼刀痕都是自己割的了，放了血就可以逃跑。」

「其他房間也是這樣嗎？」程景白問。

「對，都同一套。」

「那望遠鏡呢，有什麼問題嗎？」袁俊孝問。

「檢查過了，很普通，沒什麼特別的。」

袁俊孝將單筒望遠鏡架好，高度正好是大型花窗下方透明的部分。他看向窗外，但現在只能勉強看到湖光，其他全是一片黑。他抬頭看著花窗最頂端，那是個類似宗教法杖的花紋。

「五個死人有三個是在晶龍營建上車的，他們那邊連絡上了嗎？」程景白問旁邊的警察。

「沒有，打過去都是官方說法，說要等總經理或副總經理回應，可他們兩個都連絡不到。」

「趙晶是總經理？」

「不是，趙晶是副總經理，總經理是他舅舅，趙慶二。」

「晚上繼續打，明天我親自過去。」

「是。」

「那個服務生……高志穎，他們公司連絡上了嗎？」袁俊孝問。

「有，連絡上了，他們公司也是半年前就接到這張單。」
袁俊孝與程景白對視一眼。
「妓女、廚師也都是半年前。訂的人呢，資料查了嗎？」袁俊孝問。
「查了，是晶龍訂的，他們說晶龍常跟他們配合。」
「晶龍？對了，廚師呢？那個蔡怡君，我派去的人回來了嗎？」程景白大聲問。
「媽的，是能住多遠。」
警察們面面相覷，搖頭。
這時有一名警察跑進來，手上拿著一份報紙。
「組長，這個最好看一下。」
程景白接過來瞄一眼就睜大眼睛。「靠。」
袁俊孝在報紙頭版看到大大的頭條「玉神蓮仙宗大奇蹟，神光制裁」。
「媽的，這麼快？」
「外面信徒越來越多，媒體也都到了。」
「知道是什麼狀況嗎？」袁俊孝問。
「問過了，報紙也有寫。那些信徒都是當地居民，以前全都住在這裡，後來湖變成觀光景點，晶龍跑來這裡開投資說明會。大概有點詐騙的性質，地全被晶龍賤價買走了，居民只能被趕走。現在晶龍又說要重新開發這裡，先蓋這棟豪宅，結果裡面一次死五個人。剛好時間又符合他們仙宗說的大奇蹟，他們才會這麼瘋狂，五年前的地震他們也說是什麼大奇蹟。」

「大奇蹟？」

「對，他們仙宗說過今年會展示什麼大奇蹟。」

這時程景白手機響了，他立刻接起。

「現在狀況？」

「喂！組長，我們人在蔡怡君家外面，他們攻擊我們，有人受傷。」

「蔡怡君本人？」

「不是，那應該是他媽，一看到我們就甩刀子出來。」

「退開，受傷的人先包紮，我帶人過去。」程景白掛掉電話後大喊。「王敬、高志穎留資料放人，其他人通通帶回警局。」

旁邊的下屬聽到命令後立刻動作，程景白拍了袁俊孝的肩膀，

「快！查廚師家的人被攻擊，我們現在過去。」

「襲警？」袁俊孝睜大眼睛。

「嗯，搞不好可以逮到那個蔡怡君。」

跑到大廳時，那些外國少女和其他人都還坐在那邊，每個人臉色都很疲憊。周森青像是沒了呼吸似的，身體斜倒在沙發上。

「你們兩組留守，不能讓外面那些人進來，其他人跟我來。」程景白對他的屬下大喊。

大門一開，外頭的吵鬧聲立刻傳進來。那些信徒大概有三四十人，正在外面瘋狂地吵鬧，不少人甚至拿衣服跟汽油做成了火把甩動。令袁俊孝難過的是裡面有不少十幾歲的孩子居然也面目猙獰地跟著大人嘶喊。十幾名警察站在那邊高舉雙手，拿擴音器喝止那些信徒們繼續往前。

「媽的，不就好險我有叫支援？比黑道還要像瘋子。」程景白咒罵。

信徒中不少人拿旗子揮動，上面還寫「仙宗萬歲」、「神光制裁」、「七鐘將響，末日恩賜」之類的標語。旗子上還有不少圖騰，在搖曳火光照耀下，那些圖騰好像都活過來一樣蠕動。袁俊孝嘗試理解那些狂熱的臉孔，一直到程景白拍了他的肩膀才清醒過來。他們倆上車，前面還有兩台警車開路，浩浩蕩蕩地往蔡怡君的家前進。

＊＊＊

閻良將車子停在一個人聲鼎沸的熱炒店旁邊，穿著裸露的酒促小姐穿梭其中，不少人咬著檳榔叼著菸，正在與同桌的划酒拳。閻良掏出手機撥通電話，遠方不時有狗吠聲傳來，閻良閉上眼睛等待。電話響沒幾聲就被掛掉了，他將手機丟到副駕駛座，不久車窗就傳來敲擊聲。

「要不要一起吃？」

「不了。」

捲髮男將一包塑膠袋塞進車窗，裡頭有個東西閃著光芒。

「照片自己弄上去，鋼印在袋子裡面。」

「謝了。」

「要不要我幫忙幹這票？」

「不用，怕出事。」

「那袋子還我。」

閻良將裡頭的東西倒到副駕駛座上，然後把袋子塞出去。

「不會嚴重到驗指紋啦。」

「誰知道啊，要記得分啊。」

「知道。」

閻良關上車窗，時間已經快八點了，他想著哪邊有網咖時才發現他就是在這附近接周森青的。他側頭思考，過一會兒他咬咬牙，踩下油門。

不久，閻良將車停在某個冷清的街口，他戴上外套的帽子後下車，再從後車廂拿了一個背包背上，手插口袋低頭走路，雙眼觀察路人與攝影機。好在幾乎沒人，路燈也頗陰暗。他就這樣走了大概五分鐘，那棟記憶中的三樓透天出現在前方。房子沒有開燈，顯然一個人也沒有。走近後閻良揚起眉毛，可能那天下雨他沒看到，門口居然掛著寫上「奠」字的燈籠，似乎才剛辦過喪禮。

閻良趁沒有人的時候繞進房子側邊的巷子，他一路往後走，終於看到後門。他彎腰假裝要開門同時把工具插進鑰匙孔，兩三下紗門就打開了，然後是裡面那扇主門。這讓他花了比較長時間，但「喀」地一聲證明他還沒忘掉年輕時的荒唐事。

一進去裡面是廚房，餐桌上有不少廣告紙。閻良打開手電筒看，全都是玉神蓮仙宗的文宣。他搖搖頭，隨手放回桌上。往裡面走沒幾步就看到大門與客廳，環境非常整潔連個灰塵也沒有，像是有人定期打掃一般，牆上則貼著不少張忘見湖的照片。桌上有一袋紙盒裝的飯菜，已經冷掉了。裡頭夾一張紙，上面用筆寫著「周先生，回來請立刻聯絡我」，顯然是看護。閻良環看四周，然後雙手合十。

「我只是借，我一定會還。我只是……」

接著他戴上橡膠手套，小心翼翼地打開每個櫃子翻找，也不忘物歸原位，就像他沒來過一樣。他翻非常久，最後終於癱坐在地上，完全找不到他要找的東西，或許周森青的財產通通都在那一袋了。

沙發桌上有幾個相框，他隨手拿起一個。那是張在野外拍的照片，後方遠處有座湖，三個人站在帳棚旁邊，一名美麗的少女對鏡頭大笑，一頭直髮又黑又長，大概二十歲左右。有個斯文的中年男人站在旁邊，閻良看一會兒才認出那是周森青，後面一點有個跟他年紀差不多的女人，應該就是他老婆，照片應該是露營的時候拍的。

閻良將相框放回原位，走上二樓。第一個房間明顯就是周森青的臥房，裡面有各式各樣的藥袋與醫院收據。閻良看到不禁微微睜大雙眼，是T醫院，他想了一會兒把收據塞進口袋裡，然後繼續尋找，但卻什麼也沒有。

他走到三樓，那裡只有一間臥室跟倉庫。臥室顯然屬於相片中那位少女，床單上印著卡通人物，牆上貼滿明星海報。但閻良注意到似乎很久沒有人進來了，所有東西上面都覆蓋一層灰，而海報邊緣幾乎都捲起來了。

「對不起了。」

閻良開始搜索，抽屜裡裝滿各式各樣的小飾品與卡片，衣櫃裡則滿滿的都是衣服。他打開衣櫃裡的抽屜，各種顏色的內衣與內褲整整齊齊地放在裡面。閻良的手懸在空中，過了一會兒他用力將抽屜關上然後衝到一樓。他邊喘氣邊甩了自己一巴掌，過不久又是一巴掌。他在黑暗中站了好一會兒，最後靜靜離開。

＊＊＊

那其實算不是屋子，只是鐵皮屋加貨櫃拼湊出來的違建。外面插滿了各式各樣的仙宗廣告旗幟。一台警車就停在稍遠的地方，兩名警察站在車旁邊，其中一名頭上貼著紗布。房子門口站著四個人，手上都拿棍棒正在跟那兩名警察叫囂，還有一名手上拿著酒瓶。

「現在是怎樣？」程景白問。

「蔡怡君他媽還躲在裡面，那四個人八成是她叫來的。」

「她媽丟這個過來。」受傷的警察拿一把水果刀。

「拔槍。」程景白解開槍套。「跟我來。」
六名警察紛紛拿起槍，三人一組跟在程景白後面。
「警察！你們動手我就動手。」程景白大喊。
「幹你娘，你們來啊！」其中一名信徒揮舞棍棒。
「敢就過來。」程景白一步一步向前。
「她不想見你們賊頭，閃啦。」
「幹，下次仙宗就殺你們啦。」
「敢就過來嘛，孬種。」程景白腳沒有停。
信徒們似乎被激怒了，不斷揮舞棍棒嘴裡越罵越兇，但卻一個一個往後退。這時其中一名信徒大聲罵了一聲「幹」，砸碎了手上的酒瓶舉高棍棒衝過來。
「通通制伏上銬。」
程景白說完，熟練地低下身體用肩膀猛撞那人的胸口，然後槍托直接砸在對方鼻子上，站起來又是一腳踹在臉上。其他三個人看到立刻丟掉棍棒往後逃，但兩三下就被其他警察制服。袁俊孝拿出手銬將臉上全是血的信徒銬起來，然後走到貨櫃屋門口。
「警察，立刻開門！」程景白喊完大聲敲門。
整個貨櫃屋發出震耳欲聾的敲擊聲，但沒多久就回歸寧靜，只剩那四名信徒的哀嚎。
「再不開門就強行進入了。」程景白又重重拍打鐵門。

突然門發出金屬喀擦聲，接著門打開一個小縫透出光來。袁俊孝對程景白點頭，然後用力將門踢開。

「啊啊啊啊啊！」

一名披頭散髮的老女人衝出來，手裡拿一把銅色的劍往前砍。袁俊孝下意識退開，那老女人砍空後失去平衡，狠狠摔到地上。袁俊孝跑過去將那把劍踢開，旁邊一名警察立刻將她手臂壓在背後。

「進去搜還有沒有人！」程景白下令。

「垃圾去死！」那女人大喊，嘴巴全是血跟泥沙。

程景白拿起那一把銅色的劍，握在手中端詳。

「垃圾，你不能摸！」

「摸又怎樣？」程景白微笑。

「組長，我看一下。」袁俊孝瞇眼。

那把劍的劍柄兩頭都有刀刃，顯然都開鋒過的了，在黑暗中閃著寒光。令袁俊孝驚訝的是造型與別墅落地窗花紋幾乎一樣。袁俊孝跟他主管打了招呼後走進貨櫃屋，裡頭不意外雜亂無比，各種垃圾堆得到處都是，最後他在一個角落找到證實他假設的東西，那是一個小小的法壇，上面工工整整地擺著一把弩箭、桿秤和長杖，上面的金屬裝飾閃閃發光，上面還有一個空位，顯然是用來放那把劍的。他掏出手機和周森青畫的圖比對，造型幾乎一模一樣。

他走到外面，程景白站在旁邊講電話，另一名警察正在問話。
「你到底知不知道你女兒在哪裡？」
「她去工作了，我哪知道人在哪？」
「你知道她去忘見湖的別墅工作嗎？」
「隨便，那是她的天命，我能干涉嗎？」
「她現在是重大嫌疑人，如果找不到她，警方只能發布通緝。」
「隨便啦，那都是天命，通緝干涉個屁，哈！」
警察不禁翻白眼，看到袁俊孝出來就大喊。
「隊長，撤了，別墅那邊的信徒要殺過來了。」
袁俊孝點頭，走到程景白旁邊。「組長，先看這個。」袁俊孝將祭壇的照片放大。
「嗯……」程景白皺眉，放下手機。「回去再談。」

＊＊＊

已經晚上九點多了，閻良將車停在紅線上，從置物盒裡倒出一把零錢，走進網咖裡。這種店似乎不需要進步也可以長久經營，煙霧繚繞、雜音震耳的環境跟十幾年前幾乎沒兩樣。他跟櫃台的妹妹買了十二個小時和一碗泡麵。他在電腦面前坐下來，首先搜尋周森青，但卻什麼也沒有。

他搖搖頭，掏出寫上人名的紙，然後開始搜尋。

倪軍啟是什麼人物他多少聽過，他是玩鬥犬出身的，賺到錢後越做越大，慢慢跨足八大產業成立江海會。做人是出名的公正和重義氣，曾經有自家價值上百萬的藏獒咬傷客人小孩後，當場把藏獒割喉殺死的傳說。最後在各幫會都服氣下漸漸成了龍頭，到現在七十歲還是沒被人幹掉，聽說最近要退休了，也讓原本穩固的地下組織頗為紛亂。

不過搜尋江海會的結果反倒是他女兒倪彤雲佔了較多版面。這位從美國留學回來的年輕美女是倪軍啟兩位女兒之一、江海會的大千金。一歸國就有許多大動作，清一色全是正面新聞，從成立了創投基金、企業孵化器到大筆捐款給動物收容所和導盲犬基金會，不到三十歲的倪彤雲已經被譽為年輕創業家了。妹妹則是嫁給政治世家，非常低調。閻良也搜尋到各種資料說這是倪軍啟靠二代洗白的方法，但骨子裡終究是靠八大產業賺錢。

閻良草草掃過那些文章，最後在倪彤雲成立的創投基金官網找到了她的辦公室跟電話。他抄下來，然後繼續搜尋下一個人名。

「靠。」閻良驚呼。

原來林志忠是玉神蓮仙宗的法師，網路上到處都是他在正心會所釋經、帶領修行的照片。他那坨油膩膩的長髮被他捲成一個髮包，上頭還插一個簪子，跟古裝劇裡頭的方士沒什麼兩樣。

「媽的死好。」閻良冷笑。

閻良工作的公司原本是一間直銷詐騙公司，銷售的「商品」可謂包羅萬象。從貸款到保險，再從保健食品到圖書，無所不賣、無所不騙。後來聽說被玉神蓮仙宗用祕密管道買下來，所以現在主力變成推銷宗教、拉人入會，還可以免費使用仙宗的資源，但他從來沒用過，也沒拉人入教過，所以也沒看過林志忠。

「你的麵。」

櫃檯妹妹隨手將麵放到桌上，轉頭就走。態度很差但閻良只覺得親切，十幾年前把網咖當家的回憶都回來了。他狠狠吞下一大口，用手寫下林志忠負責的會所地址，然後輸入下一個人名。

韓長利就查得到一大堆資料了，仔細修剪過的西裝頭與金絲眼鏡，閻良一看照片就認出他。韓長利是現任市議員，以支持兩性平等和挺勞工聞名，相當有人氣。到現在已經連任四屆，現在正在競選第五屆。之前他也做當選過民意代表，立法委員，甚至要他競選市長的呼聲也相當熱烈。

閻良冷笑，想到風評如此正派的政治人物死在召妓過程中，不知道他們能不能買下所有媒體。他找到韓長利競選總部的地址抄下來，然後輸入下一個人名。

劉豐司顯然也不是個名人，訊息少的可憐，但還是讓他找到幾則新聞。他是K大的教授，現在已經退休了。找到的都是他出國參加研討會或者發表論文的新聞，看到照片裡那矮小的身影，閻良立刻認出他來。他又搜尋一陣子，有一篇新聞標題引起他的注意。

「忘見湖土壤液化悲歌，不肖建商滲透學界……晶龍……」閻良喃喃自語。

他點了好幾次那篇文章，但卻一直顯示載入中，完全無法看到內文。閻良皺眉，關掉那篇文章，搜尋晶龍。結果沒多久他就看到那位短髮女人的照片，原來他叫趙晶，是晶龍營建的副總，也是富二代，研究所一畢業就空降當公司副總。他又寫一些東西在紙上，然後繼續搜尋。但還是找不到劉豐司的地址，結果他在某個部落格找到了劉豐司老婆開的咖啡廳，就在K大附近。他看夫妻合照確認那是劉豐司後，把地址抄下來，然後把紙摺好塞進口袋裡。

他稀哩呼嚕地把泡麵吃完，滿足地鬆口氣，然後身體靠在椅背閉上眼睛。四周吵雜的電玩聲與音樂交融在一起，成了少數能給閻良安全感的聲音，但是一個念頭閃過他的腦海，將一切打亂。

他嘆口氣睜開眼睛，在螢幕上輸入一些文字後按下搜尋鍵。各種資料跳出來，但全都是他看過的。他仔細尋找沒有讀過的文章，有個標題吸引了他的注意。

「你的器官值多少錢？」閻良唸完苦笑，目光落在心臟的價格上。

＊＊＊

湖邊的謀殺案似乎打開某種開關，讓一切都亂了套。警局門口圍著一堆媒體，然後一輛警車就在門口停下，警察從車裡拉出一個明顯喝醉的人。那人沐浴在鎂光燈下似乎很是愉快，揮手大聲呼喊。警局側門則有一名婦人趴在地上痛哭，其家屬站在旁邊似乎把她當成武器，瞪著旁邊不斷說明的警察，這自然也吸引不少鎂光燈。但程景白的車隊就像在水中滴下了鮮血，吸引那些天生就有閃亮巨瞳的鯊魚轉過身來。

「媽的，遮住頭進去。」程景白對著麥克風說。

無線電立刻傳來充滿雜訊的回覆，車門打開了，那些烏克蘭少女們被用外套遮住頭跑進警局，蔡怡君的媽媽則是一路尖叫。袁俊孝脫下自己的外套，披在剛睡醒的周森青將他帶下車。

「湖邊五屍案真的是神宗的奇蹟嗎？」

「全國的神宗信徒今夜大暴動，警方有什麼看法？」

「剛剛走進去的那些女人都是嫌疑犯嗎？是召妓嗎？」

「死者名單何時公布？」

袁俊孝眼前幾乎亮花了，耳邊充斥媒體的問題。他只能低頭看地板前進，好險局裡的人死命擋住媒體，讓他一路衝進警局。

「人都先進拘留室。」袁俊孝說完，東張西望找組長卻找不到人。

「一小時後公布調查進度，現在通通給我安靜下來。」程景白拿擴音器對外大喊。

袁俊孝不禁揚起眉毛。

「隊長，你跟組長調的資料。」一名警察遞出厚厚一疊資料夾。「還有你說的那台車，很抱歉，那區域攝影機很少，到現在都追蹤不到，應該……」

「繼續查。」袁俊孝轉頭看門口一眼。「組長如果找我，說我在二樓。」

二樓安靜不少，他先將那疊資料放到旁邊，打開電腦搜尋玉神蓮仙宗。原來這個宗教已經有四十幾年的歷史了，創辦人龔立端一開始是以提倡氣功發跡的，後來在二十二年前得到「天啟」，號稱玉神親自在他耳邊說了「七鐘湮滅」的神蹟，要他盡快在第七鐘響前號召信徒為湮滅準備，並為不信者祈福，為萬世犧牲。從那一刻開始，龔立端就閉關消失在世人眼前，改由旗下的法師代為發聲，玉神蓮仙宗迅速發展壯大，吸收大量信徒收取奉獻金並販售各種祈福產品，負面新聞接踵而至，從誘騙女信徒上床、醫療詐騙到害人家破人亡都有，但信徒始終一年比一年多，甚至連藝人、政治人物都有牽連。

而其神蹟「七鐘湮滅」，簡單的說就是因為世道敗壞，玉神將敲響七鐘，每一鐘響就會釋放一害，由此淨化人間。但由於人生而有罪，最後能存活的僅有玉神肉胎——也就是仙宗，還有其追隨者，並一起擔起重建人間的重責大任，創造現世極樂世界。

袁俊孝點開七鐘湮滅的經文，終於出現他要找的東西。網站上的花紋跟花窗玻璃上的一模一樣，顯然代表的就是蔡怡君家裡供奉的法器。接著他發現仙宗目前只「揭示」到第四鐘，他點開每一鐘的經文，赫然發現裡頭也有提到與窗戶顏色相符的內容。他將經文印出來在上面註記。

第一鐘標誌：弩箭、白鬼，象徵疾病

死者：林志忠／玉神蓮仙宗法師

經文：第一鐘響後，玉神將遣四鬼中的一個，其音如雷，說跪倒，迎接我來。看哪，世人看哪。天上降下一鬼，其身白皮刺膚，踩在不信者的屍身上前來，手拿著弩箭。箭矢所到之處，不信者將起無名疾病，七孔流血至死。

第二鐘標誌：獨鈷杵、紅鬼，象徵鬥爭
死者：倪軍啟／江海會老大
經文：第二鐘響後，玉神將遣四鬼中的一個，說跪倒，迎接我來。看哪，世人看哪。火中閃出一鬼，其身紅皮裂膚，手拿獨鈷杵，劈砍之處無謂鬥爭四起，不信者將自相殘殺至死。

第三鐘標誌：桿秤、黑鬼，象徵乾旱
死者：韓長利／議員
經文：第三鐘響後，玉神將譴四鬼中的一個，說跪倒，迎接我來。看哪，世人看哪。地上裂出一鬼，其身黑皮無膚，手拿桿秤，揮舞之處地面拱起龜裂，不信者將從體內乾裂至外，乾渴至死。

第四鐘標誌：天戟杖、灰鬼，象徵終結
死者：劉豐司／地質學教授
經文：第四鐘響後，玉神將譴四鬼中的一個，說跪倒，迎接我來。看哪，世人看哪。水裡站出一鬼，其身灰皮爛膚，手拿天戟杖，劃指之處再無生命延續，不信者將就地看哪，世人看哪……。袁俊孝皺緊眉頭，顯然周清森與烏克蘭少女說的就是這個。只是不知為什麼，除了這個外，他總覺得這些內容無比熟悉，似乎在哪邊讀過。但無神論的他怎樣都想不出來。他把注意放到了第五位死者，也就是戴面具死在床上那位，到現在連身分還是沒有確認。

「如何？」程景白走上樓。

「組長，玉神蓮仙宗一定有關係，你看這個。」

程景白將資料拿過來，邊看邊發出嘖聲。

「看哪，世人看哪。所以是怎樣？一鐘代表一個人？」

「可能，至少跟經文吻合。」

「可是搞儀式殺人的瘋子最苛求細節，怎麼又會死第五個人？」

「嗯……還有每一鐘代表的東西，倪軍啟是鬥爭，他是黑道所以這個符合。可是林志忠是法師，跟疾病搭不上邊。議員韓長利跟乾旱，教授劉豐司跟終結，這……」

「總之什麼大奇蹟是屁話，絕對是人殺的。」

「對，還有一點，死者房間的玻璃顏色跟每一鐘的經文都相符，可是就第四鐘不一樣，第四鐘是灰鬼，可是玻璃是綠色的。還有那四道光也不知道是什麼，太多人看到了，不可能是假的。」

「媽的，這種愛搞儀式殺人的瘋子……四道光、四個鐘，有第五鐘嗎？」

「現在看起來只揭示到第四鐘，我想直接去問蔡怡君她媽。」

「你現在問她只會裝瘋。今晚我不讓她睡，早上才讓她睡一下，然後馬上吵醒問話，這樣才喊的動這種瘋子。」程景白拿起桌上電話。「趙晶連絡上了沒？叫負責的人打上來給我。」

袁俊孝拿起第一份資料夾，一打開李宛玉的照片就釘在第一頁，臉上濃妝豔抹，雙眼不屑地看鏡頭，查紀錄是某次抓藥頭的行動中被帶回警局拍的。他翻頁繼續看前科與背景資料，不禁嘆口氣。

「李宛玉……父母燒炭雙亡，只剩下她跟妹妹。妹妹小他三歲，前科更多，啊……終身洗腎。」

「哦？」

「去年遊艇性愛派對案吸毒被抓……，吸毒過量導致腎衰竭，須終生洗腎。李宛玉主張妹妹被強迫餵毒，失去意識後被集體輪姦，但法官說無證據支持此主張……。召集人疑似有……」袁俊孝冷笑。「都是有錢人……K科技董事會成員、X生科高層。嗯？晶龍營建總座？」

「晶龍總座？」

「叫……趙慶二。」袁俊孝翻開資料。

「有照片嗎？」

「這裡沒有……等等。如果是有錢人的話……。」袁俊孝用電腦搜尋，但不如他的預期，跳出來的是一堆不同人的照片，顯然這個人曝光度不高。

「這個放大。」程景白指著螢幕。

袁俊孝點開，那是趙慶二在某棟商用大樓剪綵的團體照。雖然死人跟活人看起來差很多，但那張臃腫、橫向長肉的臉與看不到的脖子幾乎可以確定就是同一個人。

「就是他。」程景白冷笑。「李宛玉那包白粉驗出來了嗎？」

「還沒，要明天跟驗屍報告出來。」袁俊孝揉了揉脖子。「只是趙慶二跟第五鐘有什麼關聯？如果真的是照這種規律，那兇手一定知道第五鐘的經文是什麼才對。」

突然警局電話響了。

「說。」程景白接起電話。

「組長，還是連絡不到趙晶，可是聯絡到他舅舅的老婆，她現在在線上＊＊＊」

「你說那個趙慶二的老婆？」

「咦……對。」

「龔月霞？」

「對。」

龔？聽到話筒聲音的袁俊孝揚起眉毛。

「接給我。」程景白說。

「我是龔女士，程組長？」

「我是。」

「程組長，我聽說你們一直打電話找趙副總？」
「對，她可能涉其重大命案。」
「跟湖邊那個有關嗎？」
「無可奉告。」
「我是她家屬也不行嗎？」
「抱歉。」
「唉，她從昨天下午離開公司後，我就沒再看過她了，她家也沒有人看到。」
「完全沒有人知道她的蹤影？」
「她最近似乎是交男朋友了，加上她父親半年前剛過世，到現在還是處於……不好溝通的階段。」
半年前？袁俊孝打開筆記本，妓女、伙食、外燴公司通通都是半年前預定的。
「龔女士，冒昧問一下，請問您先生現在人在……？」
「為什麼要問這個？」
「今天警方接獲報案，似乎有人目擊到您先生。」
「目擊到什麼？」
「抱歉，現在還無法對外公布。」
「他一樣昨天出去就沒回來過了。」

「那他的司機呢？」
「一樣。」
「抱歉，方便明天約談你嗎？」
「到底是什麼狀況這麼嚴重？」
「當面談比較方便。」
「在哪裡？」
「T區警察總局，早上九點方便嗎？」
「可以。」
「謝謝配合。」
「程組長……」
「嗯？」
「我該擔心嗎？」
「完全不需要。」
袁俊孝正在翻著蔡怡君和高志穎的檔案，一聽到自己主管說謊不禁抬起頭來。
「組長，你……」袁俊孝側臉看著他主管。
「怎麼？老婆死了八成都是老公殺的，反過來也是，我明天要好好看她站在她老公面前的臉，搞不好是她叫李宛玉去殺的也說不定。」

「嗯……吳佳志的資料還沒來，他的車也還沒追蹤到，那裡攝影機太少了，應該是沒機會。不過就外型描述，應該就是他。」

袁俊孝把手機的照片放大，那是閻良的行車紀錄器截圖，畫面中的駕駛姿勢確實很奇怪。

「那個閻良呢？資料有來嗎？」

「有。」袁俊孝拿起一個頗厚的資料夾。

「哦？資歷很深嘛。」程景白啪啪啪地翻閱閻良的資料。「父母雙亡，沒配偶沒小孩，偷車、打人、詐騙……」

「他應該……」

「你在哪裡認識他的？」

「哦……在之前的警局……常看到他。」

「但他有不在場證明，算了，這種小混混也不敢做什麼大的。其他人呢？」

「廚師蔡怡君，完全沒前科，很乾淨，服務生高志穎也是，很正常的年輕人。」

「但蔡怡君確定是玉神蓮仙宗的人吧？」

「對。」

「那在還沒找到她之前，就她最有嫌疑了。」

「嗯，尤其她家是被趕出湖邊的，你看她父親的前科。」

「哦，公然賭博累犯，人還失蹤。」

「對，八成是把晶龍買下他們家的錢賭掉了，所以母女倆只能住違建。」

「如果是為了報仇，普通人殺上個一兩人就差不多了，但是殺五個人就不太可能，但是……嘖嘖，誰知道，這種信教的什麼都做得出來。」

「有沒有可能是共謀殺人？」

「你說各取所需？」

「對，如果李宛玉想殺趙慶二，蔡怡君想殺其他人韓長利，他們可以半年前談好一起動手。」

「可是李宛玉的反應不像是共謀。」

「唔……」袁俊孝摸著自己的鬍渣。「那可能就是被唆使的。」

「嗯，周森青呢？」

袁俊孝從資料堆中抽出一本薄博的資料夾。

「七十二歲，女兒十九年前失蹤，滿三年後宣告死亡，失蹤當年二十歲。老婆剛死……哦……以前也是住在忘見湖旁邊。還有這個，在晶龍當建築師三十年，嘿……越來越像共謀。」

袁俊孝接過資料夾仔細看。

「等等，她女兒是被綁架，要求贖金一千萬。周森青沒有通知警察……擅自領錢贖票卻無人赴約，最後綁架犯停止聯絡。她女兒還是當初忘見湖自救會的幹部，如果說綁匪是開發忘見湖的人，這……完全有動機了。」

「只是為什麼他要拖這麼久、得了老人癡呆才動手？」

「周森青、蔡怡君、吳佳志、被教唆的李宛玉，一定有人一定有人把這幾個人串起來。」

「趙晶？」程景白挑眉。

「有可能，這次聚會也是她舉辦的。只是如果她刻意弄成儀式謀殺，不就很針對玉神蓮仙宗？尤其還有一名死者還是他們的法師，還死在召妓過程中。」

「嗯……王敬呢？」

「等等。」袁俊孝從那疊資料裡挑出屬名王敬的資料夾。「哦……他特戰不是正常退伍，是傷退，沒前科。」

「嗯……應該不太可能是他，都當到老大的司機了，不會這麼笨，不然他第一個被倪彤雲宰了。」

「對了，還有……」

「你先繼續查吧，我去樓下記者會。」

「組長，為什麼要這麼快……」袁俊孝抬頭看自己主管。

程景白沒有回答，只是一邊走一邊用食指比了比樓上。袁俊孝聳肩，他知道那是「局長」的意思。他搖頭打開電腦，輸入幾個字。

「賓果。」

龔月霞的照片大量出現在網頁上。她是玉神蓮仙宗創始人龔立端的女兒，現年六十歲，為現任玉神蓮仙宗財團法人的董事會主席。非常積極參與教裡舉辦的活動。他也發現網路上有許多抨擊她的新聞，說其父親如果還活著現在就是九十六歲了，搞不好早就死了，只是為了維持他玉神肉胎的神話而不宣告死亡，繼續吸金。

袁俊孝看著螢幕上的龔月霞，難以理解這些宗教人士的想法。但不論如何，那種感覺還是在他腦海裡遊蕩。那種對七鐘湮滅經文的既視感，他一定在哪個地方讀過或聽過。他揉著太陽穴打開手機，仔細看周森青畫的窗戶圖案與自己的筆記。

他感到眼皮越來越重，但當他再讀過一次死者的死狀筆記時，他更加確定共謀的可能性。因為細節與規則通常是儀式謀殺兇手的第一要求，畢竟如果不照著儀式走就失去意義了。可是今天這五名死者，沒有一個人死法是一樣的，兇手甚至提供了死者逃亡的機會，他想起那個只要接到足夠血液就會解開鐐銬的容器，還有烏克蘭少女念的宣言，根本就像是在宣告遊戲規則，更不用說房間從某層面上來說算是密室。

袁俊孝捏了捏眉心，他拿起電話，撥出一通他早已背起的號碼。

「喂，我是袁隊。我知道現在很晚，但是拜託，那五台刀可不可以安排明天開？」

「袁隊，你們真的很殘忍，半小時前程組長就打了，還說等等要過來探班，跟妳說，三十年他從來沒探過班，結果你也打來催。」

「哈。」袁俊孝苦笑。「拜託，這案子真的有鬼，現在警局前面還一堆記者。」

「知道，放心吧。」

「謝謝，我欠你。」

「反正你跟程組長也不會還。」

袁俊孝笑著掛上電話，拼命睜大眼睛看著桌上的資料，但眼皮卻越來越重。

＊＊＊

閻良在髒亂又充斥煙味的廁所裡漱口洗臉，他揉眼睛走出去。現在才早上七點多，但網咖裡依舊吵雜，許多年輕人一整晚沒睡還盯著螢幕。他走到車旁邊，發現雨刷夾了張罰單，他隨意塞進口袋裡，然後把手機跟鑰匙拿出來。一發動汽車，廣播自動開啟。

「大奇蹟究竟是什麼呢？有信徒說可能就是第五鐘，但有一派人堅持就是忘見湖五屍案。昨晚經總局發言人確認，這是一起儀式性謀殺，目前已經鎖定數名嫌疑人並成立專案小組進行調查。儀式性謀殺就是說兇手呢，相信自己只要以特定形式來殺人，就能夠取得某種神奇效果，這種東西往往跟迷信或宗教有關。像在烏干達，就有人相信獻祭孩童就能取得財運，因此＊＊＊」

閻良把收音機關掉，看著手機訊息。大多是銀行的廣告訊息，也有打來要他還錢的，他迅速地把那些訊息通通刪掉，但他的手指在某個訊息上打住。訊息只有兩個字，但他看了一遍又一遍。

「尾款……」閻良鬆開手剎車。「你媽的……」

他把手機丟到副駕駛座，高速駛出車道留下刺鼻的燒胎味。

＊＊＊

啪！袁俊孝被某種東西驚醒，害他幾乎跳了起來，仔細一看才發現有人把報紙丟到桌上。

「組長？」

「看一下。」

「另有大奇蹟？忘見湖五屍案經警方證實為儀式性謀殺……」袁俊孝喃喃念著頭條。

「走吧，先去看看那瘋女人。」

兩人走到拘留室，那群烏克蘭少女擠在一起睡著了，而李宛玉與另外兩個女孩則坐在另一邊。周森青自己一個房間，躺在地上動也不動，而蔡怡君的母親則是在隔壁間發出打呼聲。

「睡著多久了？」程景白問。

「七點開始讓她睡。」看守員說。

程景白點頭，拿起警棍用力敲鐵窗，頓時整個空間充斥著刺耳的金屬撞擊聲，那披頭散髮的女人立刻倒吸一口氣驚醒過來。

「早。妳知道妳昨天襲警嗎？」

那女人似乎還是很混亂。

「乖乖配合，我就當作沒發生。」

「嗯……」女人一直點頭。

「帶出來。」程景白下令。

看守員開門將她帶到訊問桌上。程景白坐下，手成塔狀。

「妳是蔡怡君母親，對吧？」

女人點頭。

「妳知道她在哪裡嗎？」

女人點頭動作越來越大，嘴裡甚至發出呻吟聲。

「玉神蓮仙宗，淨心、淨業、淨罪惡！」女人大喊，從脖子掏出玉像，像是劍一樣指著程景白。

「媽的！」程景白一掌拍向桌子。「妳女兒都不見了妳還給我裝瘋？」

「她有天命！你們凡人懂啥！」

「天命就是殺五個人？」

「那五條人命是大奇蹟，跟五年前大地震一樣，是玉神降下的福分，怎麼可能是人殺的？」

「好，人不是她殺的，那她失蹤了不就可能是受害者？妳都不擔心妳女兒？」

「她有天命……」

「妳這個母親怎麼當成這樣？」

「她有她的天命！她說她半年前聽到她的天命，可以見證大奇蹟，憑什麼她比我更靠近玉神？我就叫她滾，她已經半年沒回來了。」女人歇斯底里。

「到底什麼是大奇蹟？」袁俊孝問。

「沒人知道，只有仙宗知道，你們凡人更不可能知道。」

「那第五鐘的經文是什麼？」袁俊孝又問。
「仙宗還沒揭示，誰知道？」
「連信徒也不知道？」
「只有仙宗知道，仙宗是唯一的神。」
「妳根本不知道妳女兒在幹嘛，那妳幹嘛襲警？」程景白翻了白眼。
「你們不是又要來叫我搬走？我的家被騙走的時候你們不是只會叫我搬走？你們只敢抓我老公賭博，不敢抓開盤的江海會，你們有什麼屁用？」女人雙手敲桌大哭，鼻涕口水全噴濺出來。
江海會？袁俊孝瞇眼。「妳說蔡怡君聽到天命，是怎麼回事？」
「我哪知道，她有一天從正心會所回來就說……她知道什麼是大奇蹟，半年後她可以親眼見證。」
「正心會所？你們集會的地方吧？在哪裡？」
「忘見湖就一間，還是整個仙宗第一間正心會所。」女人將胸口挺起，好像非常驕傲。
第一間？袁俊孝迅速抄下筆記。電話響了，看守員接起電話，然後跑到程景白旁邊耳語。
「組長，一位叫龔月霞的小姐說要找妳。」
程景白站起來，對袁俊孝比個手勢。兩人一起離開拘留室，路上袁俊孝看到周森青，他醒過來雙眼茫然地四處張望。一看到這名老人，袁俊孝腦海裡就浮出閻良的臉，他像是想到什麼似的看一眼手機上的行事曆，然後捏了捏自己眉心。

龔月霞保養得非常好，六十歲的年紀看起來就像四、五十歲，戴著墨鏡穿著一套黑色的合身褲裝。程景白在她對面的位子上坐下來，袁俊孝感覺她墨鏡下的眼珠動了動。

「龔女士，抱歉讓妳跑一趟。請問不管趙晶或者妳先生和司機，現在還是都沒消息嗎？」

「嗯，趙晶我……真的不知道，但我先生跟他司機到現在還是找不到人，租賃車的GPS也找過了，完全沒訊號。」

「妳知道他昨天去哪裡嗎？」

「他只說是什麼聚會，下午兩三點就出發了，也沒說什麼時候回來。可以跟我說到底發生什麼事了嗎？不會跟什麼忘見湖五屍案有關吧？你們警方最好趕快調查，不然我們實在很困擾。」

「妳是指玉神蓮仙宗還是指晶龍營建？」袁俊孝問。

「你是……」

「袁隊長。」

「你是最近才報到的對吧？」

「他一年前來的。」程景白說。

「以後多多指教，不管是仙宗還是晶龍，我們跟警方關係都很密切。」

袁俊孝點頭不答。

「好了，程組長，快點說我先生到底怎麼了。」

「昨天發現的被害者中，有一位警方認為是妳先生，請妳……」

「啊……」龔月霞像斷線風箏一樣癱在椅背上。「他……人在哪裡？」

「在K醫院，麻煩妳去認一下。」

「我的車就在外面，拜託了。」

龔月霞擦掉自臉頰滑下的淚珠，但那雙藏在墨鏡底下的眼珠總給袁俊孝一種不自然的感覺。

他們陪龔月霞走到警局門口，一名警察跑過來將一份資料夾交給袁俊孝。他跟程景白看一眼，那是吳佳志的資料。才一大早門口就有好幾名記者，他們一看到龔月霞就拼命拍照，袁俊孝大概知道等等頭條是什麼了。龔月霞坐進一台勞斯萊斯，而他與程景白踏進他們的老警車。

「我們等等就到，先把趙慶二準備好，家屬要來了。」程景白掛掉電話，然後拿起那份資料夾。

「吳佳志，召妓、召妓、召妓，除了玩女人都乾淨，沒有妻小，沒有吸毒，不是江海會的人、也不信玉神蓮仙宗。看起來沒有關聯，得去晶龍問問。」程景白說。

「是嗎……組長，我覺得共謀可能性越來越高了。」

「哦，怎麼說？」

「我們會覺得這是儀式性謀殺，主要是因為死因離奇。但其實沒有一個人死法一樣，這完全不符合這類型兇手的思考模式。除非是共謀，一群人聚在一起殺人，怎樣殺都可以。可是如果是這樣，就沒必要搞儀式，除非是想……」

「嫁禍給仙宗？」

「對，可是如果是這樣，那為什麼現場還有逃跑的機制？說穿了，甚至只要什麼都不做，時間到門就開了，電也停了。嘖……兇手到底求什麼？」

「慢慢來，先等解剖報告。」

醫院離警局不遠，所以只要是袁俊孝負責的案子，解剖他一定都會到。即便如此，他還是不喜歡停屍間的感覺，甚至當警察之後他在家寧願流汗也不要開冷氣，因為那種冷風總給他停屍間的錯覺。

他們搭電梯到地下一樓，一名身穿白袍、身材微胖的法醫就在那邊等。走廊人不多，整個空間有種不自然的冰冷，充斥刺鼻的化學氣味。他們經過好幾個房間，法醫打開其中一個讓他們進去。房間正中間有一個金屬床，上方有一具屍體用白布蓋著。

龔月霞摘下墨鏡，她眼睛很大，眼距又過寬，整個比例讓人覺得很不舒服。她眼皮微微顫抖，似乎在忍受什麼東西。悲傷？詫異？袁俊孝看不出來。她深深吸一口氣，然後把白布掀開。一張雙眼緊閉毫無血色、臃腫且長滿橫肉的臉露出來。龔月霞看幾秒就把布蓋上，哽咽地轉過頭用手帕擦淚，然後不住點頭。

「就是他。程組長，拜託你抓到兇手。」

「警方一定盡全力。」

「你們要解剖嗎？」

「要，不然我們不能確定死因。」

「真得沒辦法留全屍嗎？我們仙宗……」
「抱歉，由目前證據判斷這是謀殺案，屍體所有權是檢方，一定得解剖。」
龔月霞不再說話，而是邊哭邊離開解剖室，程景白跟袁俊孝跟上去，陪她走到門口。這時一名助手慌慌張張地跑過來，用手遮住嘴在他們耳邊小聲說話。
「組長、袁隊，出事了。林志忠的屍體啦，你們快來看……剛剛一開櫃就……就爛掉了。」
「爛掉？」程景白皺眉。
「製冷器壞了？」袁俊孝問。
「不是，是被切爛了，指甲、牙齒都被拔出來了，還有……你們還是過來看吧。」
「請問……」龔月霞轉過身子看他們。
「沒事，我送妳走。」程景白輕拍袁俊孝的肩膀，然後陪龔月霞離開。
「到底發生什麼事了？」袁俊孝問。
「袁隊，我先問……」助手壓低聲音。「那個林志忠，就是長頭髮的那個，你們發現屍體的時候沒什麼外傷對吧？」
「對，看不到什麼外傷。」
「哇……」助手扶著額頭嘆氣。
停屍間的門自動打開，他們倆走進去，牆壁上嵌著許多方形冰櫃。其中一個拉開了，旁邊站著兩名白袍男人，一聽到開門聲就轉過頭來。

「袁隊。」其中一名對袁俊孝揮手。

袁俊孝也打了招呼，但走近後看到的景色不禁令他頭暈。

屍體的長髮散亂在冰櫃裡，而雙臂明顯往內凹陷，邊緣還有撕裂痕跡。頭部旁邊有一小堆爛牙和黃色半透明的片狀物，明顯是被拔下來的指甲。而死者腹部右側有著詭異的開孔，腎臟就落在旁邊，顯然是被割下的。

「昨天誰最後走？」袁俊孝問。

「我收尾的，我很確定屍體那時候是完好的。」其中一名法醫說。

「幾點？」

「晚上大概十二點半，屍體是十點多送過來的，都照程序入庫。」

「什麼狀況？」程景白跑過來，但一看到屍體就揚起眉毛。「會影響驗屍嗎？」

「不會。」法醫說。

「但你要先確定牙齒跟腎臟是他的。」另一名法醫反駁。

「天、天啊……這有什麼好偷好換的？」助手幾乎快暈倒了。

「組長？這不會是為了完成儀式吧？」袁俊孝睜大了雙眼。

「打開其他櫃子，快。」程景白下令。

助手打開劉豐司的冰櫃，一種焦味立刻傳出來。雖然屍體全部焦黑，但沒有被破壞的跡象，韓長利也是一樣正常，而倪軍啟就跟一開始看到的一樣，牙齒、指甲、左側腎臟都被移除了。

「為什麼唯獨林志忠？」袁俊孝喃喃自語，又抓著鬍渣思考。
「那些被拔下來的都加驗核ＤＮＡ。」
法醫們點頭。
「阿孝，這個東西我要跟局長報告，他一定會過來。我來應付他吧，順便調查這裡的狀況，早上你先去找晶龍、妓女跟那個服務生的外燴公司談談。」
「好。」袁俊孝又看林志忠的屍體一眼。「對了，組長。如果晚上沒什麼狀況我……」
「這不用跟我講，你很久沒去看你媽了吧？」
袁俊孝點頭。
「快去吧，解剖我也跟著開。中午會好吧？」
「差不多。」法醫說。
「這樣下午我跟你會合去拜訪死者家屬。」
袁俊孝點頭，程景白則是用力拍了袁俊孝的肩膀。

＊＊＊

警察當久了之後，就會知道跟家屬通報死訊不是最麻煩的地方，而是告知死者遺體正在解剖中，尤其死者是老一輩的人。想到下午有組長一起跑，袁俊孝不禁鬆口氣。他到現在還是招架不住，尤其上一次他自己去時，家屬連菜刀都拿出來了。

前方的招牌一看就知道是有問題的，霓虹燈彎曲而成歪斜愛心裡頭有「愛窩Club」幾個字，可能誰忘記關了，都大白天了還在閃。而牆上則全部都是印滿裸女的大型海報，只在重點部位用愛心遮擋。他往路口那邊看去，果然司機目光都放在牆上，而綠燈已經亮起好幾秒。他走進去，濃厚的香水味立刻撲鼻而來。

「警察，我找……」

他警證還沒拿出來，穿著暴露的櫃檯小姐就慌張地跑進後面的房間裡，不一會兒兩名大漢從那裡鑽出來。

「幹嘛？」大漢問。

「我找你們老闆、主管、經理還是派女人的，誰都可以，我要問她的事。」袁俊孝拿出李宛玉還有其他少女的照片。

「小玉？」那名女人就躲在大漢後面看照片。

「你認識她？」

女人點頭。

「她跟一件謀殺案有關連，我要找接單的人。」

「隨便你找，你什麼都找不到。」大漢說。

「我只管殺人，你們沒死人我都不會來『找』什麼。你到底要不要這些人回來，不配合我只能繼續把人留著，外國的不便宜吧？」袁俊孝搖搖照片。

「他說警察來就打給他……」女人在大漢耳邊說。

大漢嘖一聲，掏出手機。袁俊孝找張椅子坐下來，而那名櫃台小姐走過來。

「她人還好嗎？」

「抱歉，現在不方便說。」

「哼。」她轉身就走。

「她妹妹還好嗎？」

那女人走到一半又慢慢轉過頭，側臉看了他一會兒。「除了被餵藥輪姦、二十三歲就要洗腎，其他都好。」

「她還年輕，不能移植嗎？」

「警察大人，她們姊妹沒有親人了，小玉腎也不好，比對測出來又是陽性，移植不了。」

「有申請無血緣移植了嗎？」

「當然有，可哪等的到？去年九千人在等，只有兩百人捐。」

「最近開放無心跳器捐了，再等等看吧，還年輕都……」

「警察大人。」女人搖搖頭。「你說的那種一次都捐兩個器官以上，法律規定其中一個可以指定對象。是你要捐，你要給大學教授還是給我們這種人？」

袁俊孝嘴巴微微張闔，卻又吐不出一字半句。

「什麼狀況、什麼狀況啊？」

一名瘦弱、臉頰凹陷的男人從門外走進來，雙眼不斷眨動，顯然才剛睡醒。

「你底下的人牽涉到一起命案，請配合。」袁俊孝掏出照片。

「進來。」那男人看到李宛玉的照片就嘆氣。

兩人走進櫃檯旁邊的會客室。

「程大組長升局長之後就換你管這區吧？」

「你認識他？」

「在這一區做生意的誰不認識他？聽好，這是我們倆第一次『合作』，你可以為難我，我沒差，反正你找不到不該有的。」

「現在我只管死人的，不管活人。」

「那我們好好合作，你會發現我很好用。」

「跟我說這張單誰下的？」袁俊孝把照片放在桌上。

「一個女人。」

「名字？長怎樣？大概幾歲？」

「當然沒名字啊。」男人鼻翼皺了皺。「她戴墨鏡看不清楚臉，六十幾歲了吧。」

「你親眼見到她？」

「廢話，這種第一次下就大單還全額預付的人，我當然約出來。」

「談了什麼？」

男人瞇眼賊笑。「拜託，我哪可能去跟她說話？如果是你們缺業績來釣魚怎麼辦？當然是放她鳥。約出來只是要拍她照片，再說了，也不是我去拍照的。」

「照片在哪裡？」

「我要想。」男人做出沉思者的姿勢。「如果我們好好合作，貨趕快回來，說不定就想起來了。」

袁俊孝嘆氣。「大概半年前下單的，對吧？」

「差不多。」

「訂單內容是什麼？」

「四個白人，要有膜，重建的也沒差，不能超過二十歲。」

「那她怎麼也在裡面？」袁俊孝手指敲擊李宛玉的照片。

「有人加訂的，說要再多訂一位白的。」

「一位？」

「你以為白的很好找？這四個白的還是我從國外調來的。」

「什麼時候加訂的？」

「一個月前吧，反正找不到白的，就改訂本地兩位。」

「那怎麼會有三個人？」

「小玉自己跑去的，我昨天才知道。」

「為什麼？」

「唉，她知道是誰訂的。」男人撫摸滿是痘疤的脖子。

「你會讓她們知道是誰訂的？」

「怎麼可能，顧櫃台的小姐跟她說的啦。」

「等等，那個六十幾歲的女人第一次下單，還沒有名子。你們櫃台小姐認得出是誰？」

「加訂的人跟下單的人不一樣。」

袁俊孝不說話，只是揮手要他繼續說。

「加訂的人是我們的老客戶，只是地點時間都一樣，當然就知道是同一張單。」

「老客戶是誰？」

「我講了就不能做生意了。」

「晶龍的趙慶二對吧？李宛玉知道是她，決定替她妹妹報仇，嗯？」

「我只能說這種大咖沒在自己訂的。」

「好好好。所以半年前有個六十幾歲的女人訂四個白的，一個月前可能趙慶二的祕書還是誰又打來多訂一個，你沒貨，所以改成訂兩個本地的，然後李宛玉知道狀況就跟去？」

「我不知道趙慶二是誰，我也不知道什麼是晶龍。」那乾癟癟的男人將手機掏出來放在桌上。「你看，我很好配合。我好像快想到照片在哪裡了。」

「我會跟我組長說。」

男人將手機解鎖，上面是一張模糊的照片，一名戴著墨鏡女人坐在露天咖啡店裡。

「拿你手機拍起來吧，我不傳也不印。」

袁俊孝點頭，拍完之後就站起來，男人立刻過去幫他開門。

「袁隊長，以後我們好好合作！」

袁俊孝看他一眼，沒有說話轉身離開這棟建築。他看著照片裡的那女人，雖然很模糊，但越看越像是龔月霞。可是這種坐擁大量資產的女人，有可能親自出來做這種事情嗎？他又有什麼動機要殺死他的丈夫和其他四個人？更不用說其中一人是她底下的法師。

袁俊孝一路開車到了M外燴公司，還是想不出個所以然，難道她也是共謀的一部分？她動機又是什麼？櫃台小姐看到這名警察摸著鬍渣皺眉思考的臉，似乎感到很怪異。

「警察先生，請問您要……」

「哦，不好意思。我找你們主管問個資料，貴公司有一名叫……高志穎的員工牽涉到一個案子。」

「哦，這邊請。」

櫃台小姐帶他走進會客室。

「你等我，我叫我們經理出來。」她突然靠近袁俊孝，用手遮住嘴巴。「是那個湖邊五屍案對不對？」

「抱歉，無可奉告。」

「小高不可能殺人啦。」她沒好氣地哼一聲離開。

過了一陣子一名禿頭啤酒肚的人走進來，他看到袁俊孝就塞了一張名片到他手裡，然後帶他走進小小的會客室。

「你是……袁先生。」那人看了袁俊孝給他的名片，擦了擦汗。「我先問一下，你們沒有拘留小高就表示他不是重大嫌疑人對吧？這樣你們在開記者會的時候可不可以不要提到M外燴？」

「對外發言人不是我，不過我可以給局裡建議。」

「好好好，你也知道前陣子在流行的人格謀殺。這也可以套用在公司上欸，如果我的公司跟謀殺案扯上邊，我是清白的也不用想賺錢了。」

「我明白。」袁俊孝調整椅子，身軀向前。「麻煩跟我說忘見湖的宴會服務是誰跟你訂的，什麼時候。」

「是晶龍訂的啊，那張單我查過了，大概半年前。」

「晶龍？」

那主管顯然有所準備，從口袋裡抽出一張皺掉的紙。上面沒有手寫文字，都是電腦列印的，寫著人力需求、時間、地點，費用是月結。

「我聽說晶龍是常客？」

「對啊，他們有新建案要發表，還是什麼研討會、餐會都是我們處理的。」

「你們公司的窗口是誰？」
「他們副總的祕書。」
「副總，你是說趙晶對吧？」
「對。」
「這次人力需求有什麼特別或奇怪的地方嗎？」
「嗯……」男人抓著後腦勺思考。「都正常啊……啊，要說怪的話就是很早訂吧。晶龍雖然很大，但不是很好配合的公司。常常今天接到電話，明後天就要開餐會，要我們緊急調派人。」
「嗯……這次外燴的菜單和酒單在哪裡？」
「等我。」他拿起電話說幾句話。「等等，我們小姐立刻印過來。」
「謝謝。」
「那這樣媒體那邊……」
「我會建議。」
「謝謝你啊，拜託拜託。」
頂著啤酒肚的主管不斷對袁俊孝微笑，兩人陷入一小段沉默，不久會客室門就開了。
「經理，你要這個？」櫃台小姐揮動手上那幾張紙。
「對對對，拿來拿來。」
男人看幾眼猛點頭，然後把紙塞給袁俊孝。顯然他原本只以為這個警察只會看一下子，但沒想他伸出手指一項一項對。

「你們飲料只有柳橙汁跟葡萄汁？」

「對，這種場合都是喝酒，所以……」

「有香檳嗎？」

「有，但我記得都退回來了……對吧？」主管看他們小姐。

「對啊，小高說十二瓶都沒開。」

「那種私人宴會只開自己的酒也很常見，袁先生你也知道，我們不可能囤所有客人都想喝的酒。」

「你們有石榴汁嗎？」

「石榴汁？這種冷門的除非特別指定不然不可能備。」

「對啦，石榴汁是心臟不好的人才在喝的，平常人哪會喝？」櫃台小姐說。

「心臟不好？」

「喝石榴汁顧心臟你不知道哦？」

「是嗎……好，謝謝你。」袁俊孝起身。

「那個媒體……」主管立刻幫他開門。

「我會建議。」

「謝謝、謝謝……」

袁俊孝上車，打電話給鑑識組的人，但顯然藥物分析跟毒物鑑識沒這麼快，他只好撥給自己主管。

「阿孝，怎樣？」程景白聲音不是很清楚。

「組長，麻煩你幫忙催一下鑑識組的人。現在可以確定死者喝的香檳跟趙慶二喝的石榴汁都是外人帶進去的，很可能就是兇器。」

「交給我，我這邊快好了，下午就跟你會合。對了，確定林志忠屍體旁邊的牙齒、指甲、腎臟都是他自己的，沒被人換。」

「哦？」袁俊孝摸了摸鬍渣。

「下午再談。」

「好。」

晶龍總部很大，建築外觀是仿照巴洛克風格，到處都是柱子跟雕像，可惜有點畫虎不成反類犬。守衛一看到他就皺眉，聽到他要問案後打了通電話，然後叫他把車停到地下停車場。車一停好就有一個穿西裝的人走過來，帶他往上走，但坐的是員工電梯。電梯在一樓打開了，幾名員工走進來，看到袁俊孝都微微張大眼睛，但沒有人問話。一樓顯然是展示區，到處都是建築的模型與穿著西裝的客戶。他吸吸鼻子，跟他想的一樣，人家不要他走大門。

「這邊請。」西裝男伸手。

走廊牆壁都是實木搭配大理石的裝潢，非常華麗。西裝男帶他到一個實木雙開門後就離開，上面有「副總經理趙晶」的金屬刻字，閃亮無比。他開門，一名大概五十幾歲的女人坐在祕書桌後。

「請坐。」祕書伸手指著桌前的木椅。

桌子後方還有另一道門，顯然那才是趙晶真正的辦公室。這個恐怕比他家還要大的空間不過只是祕書辦公室與會客室而已。

「謝謝，你們副總疑似與一起案子有關連，我有一些問題請協助調查。」

祕書沒有反應，只是看著袁俊孝。他等了一會兒，但對方還是沒有反應，他只好掏出M外燴提供的單據走向前。

「這是你幫忙安排的，對嗎？」

「對。」

「是趙小姐下的指令？」

「對。」

「知道是什麼類型的聚會嗎？」

「副總聘我來不是要我問問題，我不知道。」祕書臉色變得很差。

「唔……」

「為什麼你們警察一樣的東西要派兩個人來問？」

「兩……什麼？」

「一個小時前有另一名警察來問過我一樣的問題了，你們領我們稅金吃飯，效率真的這麼悲哀、這麼喜歡重工嗎？」

「警察？今天跑外勤應該就……你確定是警察？」

祕書翻了白眼。

「下次警察來訪，你可以請他出示警證、警徽，然後把他名子記下來。」

「那請你出示警證、警徽。」

袁俊孝愣住一兩秒，一邊無聲地苦笑一邊拿出他的警證。「我不知道哪裡出問題了，但這個案子是我主辦的。我回去會釐清，我也先跟你道歉，但是請你再配合一次。」

祕書沒有說話，將他警證上面的資料抄下來，然後操作電腦，不一會兒旁邊的印表機開始發出聲音。

「拿好。」祕書將還溫熱的資料遞給袁俊孝。「副總人在哪裡我不知道，他有沒有男朋友我也不知道。我每個月幫晶龍安排好幾場餐會，忘見湖那場沒什麼差別，資料在裡面。忘見湖開發不是我這祕書該知道的，但我知道那棟別墅完全是合法建造，文件也在裡面，道路租用、器材許可通通都有。周森青是我們公司第一位建築師，跟半年前過世的董事長一起建立晶龍，二十二年前辭職。我剛進公司的時候做過他助理，他跟他太太是我看過最有教養的人，絕對不可能殺人，快把他放了吧。」

「呃……」袁俊孝眨眨眼。

「還有什麼問題嗎？」

「這都是剛剛那位警察問的問題？」

祕書點頭。

「那他有沒有問到趙慶二的事情？」

「這又干我們總經理什麼事？。」

「他跟趙晶平常相處如何？」

「袁先生，公事我可以跟你說，但私事我沒辦法。」祕書扶了扶眼鏡。

「趙晶到目前為止都沒有消息，警方從昨天找到現在，她有過這樣嗎？工作不交代放著自己消失？你有沒有想過她可能有危險？」袁俊孝挺直背脊，雙眼直直看著祕書。

祕書沒有迴避他的目光，兩個人就這樣看著對方，眼睛眨都不眨，最後祕書大大嘆一口氣。

「我們副總跟總經理不對盤，尤其董事長過世前一個月無預警把遺囑改成他的持股三分之一由副總繼承，三分之二總經理。然後董事長過世不久，總經理又把他的晶龍持股贈與給他太太，還大筆捐款給那個邪教。你知道吧？玉什麼宗的。」

「這種事情沒上新聞？」

「晶龍沒有上市，他們家族內不講沒人會知道的。」

「那妳怎麼會……」

「你知道嗎？就連副總也沒有晶龍的股東名冊，所以董事長過世時，她知道我在稅務局有……，總之我弄得到。」

「趙慶二這樣操作是為了節稅還是？」

「他是這樣講，但我算過了。如果只是要節稅，幾千萬就夠了，沒必要捐到破億，這根本就是……」

「掏空公司？」

「對。」

「你也懷疑那個遺囑有問題？」

「嗯，甚至連董事長過世都有問題，沒有通知自己女兒就修改遺囑，然後修改完不到一個月就過世，白癡都知道有問題吧？」

「所以趙晶就……」袁俊孝摸摸鬍渣。「我聽說趙晶有男朋友，這個你知情嗎？」

「我們不談私事，但我在路上看過她跟一名長頭髮的男生很親密，其他助理也看過。」

「長頭髮？大概幾歲？」袁俊孝腦海裡閃過王敬的背影。

「三十幾歲吧，可我不確定他是不是就是副總男友。」

「謝謝。」袁俊孝拿出筆記本。「我現在念幾個人名，如果妳有印象，請妳跟我說。」

祕書點頭。

「林志忠、劉豐司、韓長利、倪軍啟。」

「等等……」祕書皺眉打開電腦。「除了韓長利，他們……都持有晶龍股份。」

「還有其他非家族的人嗎？」

「有。」

「名字給我。」

祕書沒有說話，只是咬著嘴唇。

「袁先生，我甚至不該有這些資料。這種東西你也不能拿來當證據用，對吧？」

「我保證不會公布。」

祕書扶額閉眼幾秒，快速操作電腦然後印出來。

「謝謝。」袁俊孝接過那張紙，上面只剩下人名，其餘資料都被刪除了。

「還有什麼問題嗎？」

「周森青，你剛提到他不可能是兇手，怎麼說？」

「周大哥是很有才華的建築師，跟他太太很恩愛。那時候我當他助理，我就常吃到他太太煮的東西。以前是他跟董事長到處跑業務，好不容易才把晶龍撐起來。」

「趙慶二呢？」

「那時候他根本沒在公司，拿公司錢到處喝酒玩女人。」祕書哼一聲。

「唔……你跟周森青太太熟嗎？」

「周大哥跟公司吵翻辭職之後就很少往來了，他太太喪禮也沒有通知我。」

「喪禮？」

「嗯……他太太上禮拜過世了。我是聽公司一些跑郊區的包商說的，癌症的樣子。」祕書咬唇。

「你說吵翻是指……？」

「其實我都是後來聽說的，那時候我只知道有一天周大哥說他不來上班了，要我保重。」

「知道發生什麼事嗎？」

「唉，你知道忘見湖不是真的湖吧？那只是一座堰塞湖。」

「知道。」

「聽說剛地震的時候，湖沒什麼水，地很便宜。周大哥在那邊建房子，跟他太太和女兒住在那邊。之後湖越來越大，漸漸有名氣了，董事長就想開發那裡。」

「那時候還不知道有土壤液化的狀況吧？唉……」

「不對，那時候就有報告了，所以周大哥怎樣都不贊成。加上那邊一部分是保育區，開發怎樣都不對，後來跟董事長吵翻就辭職了。接下來董事長開始大量收購湖邊的土地，那陣子公司狀況不好，我到現在還是想不到錢哪來的，跟銀行借也不可能這麼多。周大哥女兒那時候念大學，回家組一個自救會抗爭，有一天就被綁架了，人再也沒找到。後來聽說周大哥搬走了，土壤液化的消息也被壓下來，開發案通過，然後……」祕書攤手。

「這樣嗎……那棟別墅是你們晶龍自主的建案還是受人委託？」

「聽說是董事長說要蓋的，大概四年前吧。」

「就剛好震災剛過一年的時候？」

「對，副總也覺得很怪，畢竟那時候董事長已經躺病床躺很久了，突然說要建這棟。」

「嗯……等等」袁俊孝翻找著祕書給他的資料。「現在湖邊那棟的建築師是……」

「我們董事長。」

「你不是說他……」袁俊孝皺眉。

「我知道，但這一行建築師本來就是隨便填，去瑞典留過學的設計師回來畫圖，廣告還不是寫什麼瑞典設計師？還有問題嗎？」

「這樣嗎……知道了，謝謝你的配合。」袁俊孝站起來。

「請你盡快把我們副總找回來，公司沒有她只靠總經理是不可能的。」

「我盡力。」袁俊孝走向門口。

「袁先生，還有……」

「嗯？」

「趕快把周大哥放了吧，他只是苦命人。我知道二十年前那個綁架案可能是動機，但一個男人真的會等上個二十年、得了老年癡呆後再報仇嗎？還是我們董事長已經過世半年之後？」

「我……知道。」袁俊孝打開門。

坐著員工電梯離開晶龍後，他將車子開到一個無人的小巷子，然後拿出一條麵包開始啃。穿著制服在外面買東西或吃東西總是會出問題，出勤久了他學會在車裡解決。他一邊吃一邊想剛剛祕書說的話，又想到周森青那張徬徨無措的臉。或許閻良說的是對的？

昨天組長將周森青壓在地上銬住的畫面閃過腦海，他大罵警察沒有用的怒吼似乎又在耳邊響起。他捏住眉心不再思考，過一會兒他把那疊資料拿起來。就如同祕書所說，平面圖、建照、道路租用、大型機具許可……等等文件都是市政府核准的，完全沒有破綻。重型傾卸車、混凝土汞送機、重型索道吊車、密閉機械式潛盾機。袁俊孝搖搖頭，現在可以理解為什麼忘見湖的路況變得這麼糟了，連什麼顎式碎石機、隧道鑽掘機都有了。

他兩三下把麵包塞進嘴裡，突然他想到什麼東西，手從鑰匙上鬆開，打電話給程景白。

「喂，組長，今天五屍案的外勤只有我在跑對吧？」

「還有搜索現場的，怎麼了？」

「哦……沒事問問。你那邊進度還好嗎？」

「趕得上跑家屬。」

「好。」

袁俊孝掛掉電話，又撥一通到局裡。

「喂，我是袁隊，這幾個人名幫我查一下……」

他念完股東名單上的名子後發動車子，一邊開車一邊思考祕書說的另一個警察是誰。

＊＊＊

前方有兩隻大型高加索犬惡狠狠地瞪著閻良，吠叫聲極具威嚇性。閻良可是繞了好大一圈才在倪彤雲的創投基金聯絡到她，然後輾轉到了這棟大房子。剛剛還在想是不是這裡時，那兩隻名貴的巨犬顯然給了他答案，但也擋住他的路。

雖然沒在這種外國犬上試過，但這招父親教他的絕招還沒失敗過。他皺起眉頭眼睛睜得老大，狠狠地怒瞪其中一隻巨犬，然後用盡全力大吼一聲。喉嚨越痛越有效，父親的聲音似乎還在耳邊。果然那兩隻狗愣住幾秒，往後跑走。閻良只覺得好笑，對這種狗也這麼有效倒是出乎他意料。

「警察來別人家裡嚇別人養的狗，我可以報案叫你把自己抓起來嗎？」一名理著平頭的黑衣人走出來，對著狗打手勢。

「我來問案，我跟倪彤雲約好了。」

「警證拿來。」對方懶洋洋地伸手。

閻良拿出那張早上才剛做好的警證，心跳的頗快。早上他去過晶龍、林志忠的家也都是拿這一張，應該不會出問題才對。

「是我們老大的案子嗎？」

「對。」

平頭男將警證塞給閻良，然後揮手要他跟上。那兩隻高加索犬現在安分地坐在大門旁邊，雙眼依舊盯住閻良，發出低吼聲。閻良趕緊跟上眼前那位男人，一進門就是一座巨大的關公木雕，裡頭飄著一股檀香味。房子的家具幾乎都是實木做的，也沒有常見的皮沙發，都是鑲嵌石材的木椅。櫃子裡面有大量各種類的茶壺，顯然價值不斐，另一櫃則放滿茶葉。

「坐。」

那名男人指著木椅，然後掏出手機簡短說一兩句就掛掉。闍良坐著等待，突然某處又傳來一聲狗吠，一隻邊境牧羊犬從二樓上跳下來，一名大概五六歲的小女孩跌跌撞撞地從樓梯上跑下來，牧羊犬立刻跑過去圍著女孩繞圈子。她抱住牧羊犬玩一會兒才注意到闍良，睜大雙眼盯著他。

「警察先生，可以請你幫忙嗎？」

「呃……什麼忙？」

「我要報案。」

「發生什麼事？」

「哥哥不見了。」

「哦……不見多久了。」

「昨天我要找他找不到。」

「他有去上學還是……」

一名高挑的女人走下樓梯將女孩抱起來，後面還跟著一名大概四十幾歲的女人，顯然是保母。

「哥哥跟學校的人出去旅行了，明天早上就回來了。」高挑的女人說。

「阿姨，可是怎麼去這麼多天？」

「也才兩天而已，真的是……」女人捏了捏女孩的鼻子。

她把女孩交給保母，然後轉身打量閻良。她穿著窄管牛仔褲，上身是淺藍色襯衫，黑色長髮散落在背上，身材可謂穠纖合度，但雙眼卻是紅腫的，顯然有哭過。她坐下來，然後揮手要平頭男離開。

「程組長怎麼沒來？」

「嗯……現場還有一些疑點，他在那邊。」

「現在進度到哪邊了？」

「抱歉，現在還……」

「你知道我家做什麼的。」倪彤雲握拳。「我只想把兇手找出來，想問什麼就問，你也可以把嫌疑人名單給我，我來處理。」

「抱歉，這沒辦法，但我跟妳保證＊＊＊」

「快問吧。」

「請問倪先生昨天是幾點出門的？」

「王敬昨天下午兩點多來接我爸。」

「有跟妳說要去哪邊嗎？」

「沒有。」

「妳猜得到他去忘見湖聚會的原因嗎？」

「晶龍想重新開發忘見湖。」

「倪先生同意加入？」

「他不管事了，現在江海會都是我在處理，五年前地震死這麼多人，我怎麼可能同意？」

「那他為什麼還要去那聚會？」

倪彤雲嘆氣。「二十幾年前忘見湖第一次開發，我父親也有參與。」

「所以可能是被晶龍拿情份說服？」

倪彤雲聳肩。

「倪先生現在跟晶龍還有往來嗎？」

「自從他們董事長過世後就沒有了。」

「你或倪先生認識一位名叫周森青的人嗎？」

「從來沒聽過，也沒聽我爸說過。」倪彤雲皺眉搖頭。

「還是倪先生的太太……」

「我媽很早就死了。」

「啊……抱歉。」

「新聞都說這是儀式謀殺，你們應該有嫌疑人了吧？是不是那個邪教幹的？他們這幾年開始搶我生意，我有給他們一點……小回饋。」

「這也是推測之一，但其中一名死者就是仙宗的人，所以＊＊＊」

「那種邪教靠嘴賺黑錢。有黑錢就會互吃，死了一個邪教的人不代表什麼吧？」

「現在還在釐清本案死者的關聯性……」

「其他死者有誰？」

「嗯……」

「我父親跟程組長關係很好，我隨時可以打電話去問他。」

閻良嘆氣。「林志忠，仙宗法師。再來議員韓長利、地質教授劉豐司、還有一名身分正在確認中。」

「還在確認中？」

「對，他們跟倪先生有任何關聯嗎？」

「我們跟很多政治人物合作，韓長利也有。那個教授連聽都沒聽過。」

「這樣嗎……」

「至於那個邪教……讓我們很難做事情，搶掉不少生意，我父親不可能跟他們有往來。」

「明白。還有一個問題，你父親有跟誰結仇，或者你認為有誰會有這種報復意圖嗎？」

「我父親如果會跟人結仇的話，活不到現在吧？」

「那有沒有可能是你們內部……」

「如果是這樣，應該也是我死才對，外面的人都知道現在是我管事了。」

「好，明白了。不好意思，我再問一次。所以妳跟倪先生都不認識，也沒接觸過一名叫周森青的人，對嗎？他現在大概七十出頭歲，有點老年癡呆。」

「完全沒聽過。他是嫌疑犯？」倪彤雲手機響了，她描了一眼後眉頭皺起。

「嗯……倒不是，是當時在現場的人之一。」閻良起身。「好，謝謝妳的配合。」

「坐下。」倪彤雲臉色變得非常冷淡。

「啊？」

五六名黑衣男子走進來，各個都惡狠狠地瞪閻良，手上都拿著槍。

「警證是假的吧？」倪彤雲問。

「你們搞錯＊＊＊」

「我們警局也有人，查過證號了。」

「我們系統才剛換過，絕對哪邊搞錯……」

「你有中彈過嗎？」

閻良觀察四周，完全沒有跑的可能性。

「給他一槍就會說話了啦！」其中一名黑衣人大喊。

「如果我爸是你殺的，我會稱讚你膽子夠大。」倪彤雲翹起二郎腿。「先右腳。」

她的手下立刻將槍舉起。

「等等，兇殺那晚我在別墅裡，我真得是在調查案子。」閻良大喊。

「我憑什麼信你？」

「你叫王敬來，他看過我。」

「你跟他有什麼關係？」倪彤雲瞇眼。

「他跟我都被警察問過話，你叫他來，他一定認得出我。」見持槍的黑衣人越走越近，閻良又大喊。「不然去問你們在警局的人啊，我叫閻良，一定有我的資料。」

「王敬現在失聯，快說吧，你假裝成警察到底要幹嘛？我只給你一次機會。」

「失聯？他沒有被警察留住吧？」

「右腳。」倪彤雲仔細觀察自己的手指甲。

閻良握拳低吼。「我急要錢！我要下手的人被程景白抓走了！」

「就是那個周森青？」

閻良點頭。

「你要把他弄出去？」倪彤雲皺眉。

閻良攤手，彷彿答案再清楚不過。

「找個媒體去喊不就好了？幹嘛來這裡找死？」

「不行……我不行……」閻良搖頭。

「隨便吧。坐下，跟我說那晚的狀況。」

閻良將他所知道的都跟倪彤雲說了，但跳過了他偷錢的那段，對方聽完顯然不怎麼認帳。

「所以你一直都在一樓？」

「對，周森青也是。」

「你說趙晶一開始要帶他上二樓？」

「對。」

「那他就是客人，怎麼住一樓？」

「我不知道。」

「你覺得兇手不是廚師就是那個胖司機？」

「大概吧，他們都失蹤了，我還看到有人開車離開，王敬也有可能。」

「他完全沒有理由對我爸下手。」

「那他為什麼不見了？」

倪彤雲沉默。

「我只想把那個阿伯弄出來，拿到錢走人。拜託，不要為難我。」

「我不喜歡被騙。」

「你想自己報仇對吧？」

倪彤雲沒有說話。

「死掉的人裡面有議員，這案子一定是特案處理。我不知道妳跟警察關係怎樣，可搞不好再拖下去兇手都跑了……」

「想說什麼就快說。」

「除了警察，就我最熟這案子。我會繼續查，想辦法把周森青弄出來。你放我走，我查到什麼就跟妳說，誰有嫌疑你可以通通抓起來，想幹嘛就幹嘛。」

倪彤雲瞪著他好一會兒，似乎在算計什麼。

「假警證跟身分證拿出來。」她說完對黑衣人比了個照相的手勢。

一名黑衣人走過來要閻良拿著兩張證件，然後拿出手機。

「拍完把槍給他摸一下。」倪彤雲說。

那黑衣人拍完照，熟練地把彈匣退出，然後用衣服把槍柄擦乾淨，再握住槍管遞給閻良。閻良遲疑一會兒才伸手。那人立刻把槍丟給他，害閻良慌亂地接住。

「大力。」黑衣人說。

閻良當然知道這是為什麼，但不得不照做。

「現在我要誰死，槍就是你開的，懂？」

閻良點頭。

「手機拿來。」倪彤雲接過閻良的手機撥了自己的號碼。「有什麼立刻跟我回報。」

閻良還是沒說話，只是伸手去拿手機，但對方卻不放手。

「今天的帳等我殺了兇手再算，明白？」倪彤雲瞇眼。

「明白。」閻良咬牙。

倪彤雲這才放開手機。

「警察大人，這邊請。」

黑衣人刻意像服務生一樣對門口伸出手掌。閻良快步離開這棟飄滿檀香的黑窩，走到外面那兩隻狗又開始吠。他大聲吼回去，然後拿出筆記看著下一個名子。

＊＊＊

袁俊孝將車停在醫院後門附近，過一下子程景白就走出來。

「狀況怎樣？」

「疑點更多了。」袁俊孝把祕書的文件拿給他。

「先說我的吧。」程景白瞥一眼文件。「醫院攝影機都被洗掉了，林志忠的屍體是行家搞爛的。」

「沒有指紋還是毛髮留下嗎？屍僵呢？應該不好下手才對啊。」

「完全沒有痕跡。」程景白搖頭。「屍僵我也問過，他們判斷屍體是在晚上十二點到凌晨一兩點之間被破壞的，那時候死亡超過二十小時，屍僵開始緩解又還沒結凍，下手時機很好。」

「可惡，為什麼只有林志忠屍體被毀……」

「還有更瞎的，這五個死人現在看來通通都是自殺的。」

袁俊孝手懸在鑰匙旁邊，看著自己主管說不出任何話。

「只有趙慶二有疑慮，他體內驗出卡維地洛（Carvedilol），致死劑量。」

「那怎麼會說是自殺？」

「因為那是他天天吃的心臟病藥。」

「那怎麼會死？」

「這種藥是拿來降血壓的，多吃少吃都會死，醫院一個月至少會接到一件這種把自己吃死的案例。」

「那石榴汁驗出來是什麼？今天M外燴公司確認他們沒有供應石榴汁，絕對是外人帶進去的。」

「一樣有卡維地洛，如果不是自己意外多吃的話，就可以確定是凶器了。」

「那李宛玉那包呢？我今天問過了，她動機很確實。她妹妹洗腎，李宛玉也不能捐腎給她，可以說一輩子都被趙慶二毀了，還有，那場根本沒叫她，她自己跟去的。」

「媽的可惜了，那包驗出來是賴諾普利（Lisinopril），一樣是心臟病藥，一樣可以吃死。但屍體沒驗出來，所以她只要辯稱自用就可以跑了。」

「所以李宛玉本來要殺她，反倒被人搶先了？」

「有可能。」

「這樣兇手絕對是趙慶二的熟人，不然不知道他吃什麼藥。還有石榴汁，趙慶二心臟不好，應該有喝石榴汁的習慣，不然不會特別準備石榴汁。」

「嗯……」程景白掏出手機。「喂，我是程組長，五屍案的吳佳志、蔡怡君，還有連絡不到的趙晶，傳票開好，直接通緝，立刻辦。」

「其他四具屍體呢？」袁俊孝問。

「鑑識跟驗屍結果都指明全是死者自己動的手，完全沒有第二人的跡象。」

「不可能啊，倪軍啟那些……是自己搞出來的？」

「嗯，腹部傷口的刀切面寬度比非切面窄，證明是單刃刀。加上傷口深度比對跟現場的手術刀吻合。指甲上的裂痕跟現場的鉗子夾面也都相符，牙齒裂面也是。最重要的是所有工具上的指紋跟血全都是倪軍啟的。」

「怎麼可能有人可以對自己做出……」

「可能，酒精跟ＧＨＢ，還有靜脈注射Ｋ他命。」

「香檳跟針筒對吧？Ｍ外燴公司準備十二瓶香檳，沒有一瓶有開，所以他們喝的是兇手準備的香檳。」

「哼，果然……。你說的沒錯，香檳裡有驗出ＧＨＢ，我猜是要放鬆死者的戒心。然後那些烏克蘭女人注射的就是……」

「Ｋ他命？」

「對，靜脈定量注射Ｋ他命可以當手術麻醉劑。」

「那其他針筒裡面也是Ｋ他命？」

「對，還有腎上腺素、嗎啡。」

「組長……」

「嗯？」

「你有沒有覺得這越來越不像是什麼儀式或者共謀殺人了？」

「怎麼說？」

「我總覺得這越來越像是一場遊戲。你先被餵了GHB，然後注射K他命，接著那些烏克蘭女人念遊戲規則，然後開始自殘？但是重點是他們只要坐著不動就不會死，到底是什麼東西驅動他們玩這遊戲？」

程景白沒有反應，像是在思考什麼。

「那其他人呢？法醫怎麼說？」袁俊孝又問。

「韓長利是股動脈穿刺，失血過多而死。動作還原之後判斷他是一手拿手術刀，另一手放在大腿上切割指甲，然後在毒品影響下誤傷股動脈。」

「媽的，究竟是什麼狀況讓他們願意這樣自殘？」袁俊孝咬牙。

「劉豐司連左手放血都不敢，他想靠晃動椅子逃跑，結果頭部碰到籠子又無法移動，被活活電死。林志忠左手有數個刀痕，但都很淺，真正導致出血的切割面角度很怪，但房間內沒有第二人的跡象，所以判斷是自己誤傷的。」

「誤傷？」

「對，講難聽一點就是沒膽子割深，最後可能恐慌還是怎樣不小心割到的。」

「所以死因是出血過多而死嗎？」

「不是，是吸毒過量。」

「他把所有的針筒都打進去了？」

「不是全部，是他本來就有在吸毒，沒幾針就過量了。」

「天啊……」

「邪教。」程景白聳聳肩，拿起祕書的文件。「要先到林志忠家對吧？」

「對。」袁俊孝發動車子。「今天現場那邊還有搜出什麼東西嗎？」

「哼，那天晚上雨下太大，什麼可疑腳印也沒找到，倒是找到一把玩具槍。」

「玩具槍？」

「別墅下面一點點，靠環湖路邊，一點指紋也沒有，小孩子丟的吧。」程景白翻動文件。

「換我，烏克蘭女人跟李宛玉是這個人叫的。」袁俊孝趁紅燈掏出手機。

「知道名子嗎？」程景白凝視畫面上戴墨鏡的女人。

「不知道，不覺得很像龔月霞嗎？」

「有一點，可是她這種女人，應該不需要自己動手才對。」

「我也是這麼想。總之這女人半年前叫了四個烏克蘭女人，然後一個月前又有人跟愛窩訂兩個本地的。愛窩的人沒說是晶龍，但肯定是晶龍，聽得出來趙慶二是老顧客，不然李宛玉也不可能知道要去那邊等他。還有，他要我們趕快放人。」
「讓他們等，沒差。M外燴公司呢？」
「趙晶祕書訂的，確定也是半年前。不過晶龍好像每個月都會辦類似的餐會，祕書說她只是聽命令。」袁俊孝剎車停紅綠燈。「還有趙晶跟她舅舅不合，問下去就連他們董事長的死都有問題。」
「哦，怎麼說？」
袁俊孝一邊開車一邊把趙晶祕書所說的講給程景白聽。
「掏空公司，哼……不想把公司交給大哥的女兒嗎？」
「所以這可以是趙晶的動機。組長，你看……對，那頁，股東名冊。」
「連這都搞到了？」程景白目光發亮，彷彿那是藝術品。
「你看，除了韓長利，其他人都有持股，可能是關聯。對了，等我一下……」
袁俊孝連接藍芽撥出電話，登時車內響起嘟嘟聲。
「袁隊？」
「那些人名查得如何了？除了五屍案外，其他人有狀況嗎？」
「沒有，都活得好好的，還有人在國外。」
「是嗎……謝謝。」袁俊孝嘖一聲。「名冊上其他人都沒死，所以共通點也不是晶龍股份，這樣周森青應該就不是兇手……或者兇手動機不是因為仇視晶龍。」

「哦，怎麼說？」

「祕書很堅持周森青不是兇手，但他其實很有動機。」

袁俊孝清清喉嚨，將周森青的過去說出來。

「所以其實他女兒……很可能是晶龍下的手，甚至是江海會幹的？」程景白問。

「嗯，很可能是這樣。可是疑點太多，如果只是為了報仇，怎麼可能要等上個二十年才動手？為什麼就這五個人？是怎麼挑的？又為什麼要弄得這麼儀式性？還有，那棟別墅的建築師是寫晶龍董事長，但他那時候已經躺病床了，不可能再去設計什麼。」

「你覺得建築師是周森青？」

「可能……畢竟他畫得出那些玻璃跟籠子、椅子，還有他是以賓客的身分被邀請到那個聚會的，不然不會被趙晶帶上二樓。」

「你還是覺得是共謀對吧？有人把對死者有恨的人聚集起來……」

「對，而且要有能力可以破壞林志忠的屍體，所以主謀應該不是周森青和李宛玉，他們都在警局裡……」

「這樣有必要把閻良、王敬還有高志穎叫回來了，你去M外燴的時候有看到高志穎嗎？」

「沒有。」

「嘖……家屬再拖下去不行。」程景白看手錶。「我們先跑完家屬，搞不好有新線索，跑完再約談他們。」

袁俊孝點頭。一想到周森青畫的窗戶，他對七鐘湮滅的既視感又浮出腦海，但他到現在還是想不出來在哪邊看過類似的東西。林志忠是仙宗的法師，家裡應該有很多相關的資料，說不定可以讓他調查的更深一點，想到這裡，他深深踩下油門。

＊＊＊

咖啡很難喝，牆上貼著紅磚紋路的壁紙，牆邊則用壓縮木屑版裝飾，還有一個假的壁爐，裡面模擬火焰的紅紙無力地晃動。可能是工作日的關係，完全沒有客人，因此櫃台後面兩個服務生一股勁的閒聊。店裡撥放的是時下年輕人喜愛的洗腦歌曲，與鄉村風的裝潢不怎麼搭調。劉豐司的太太就坐在閻良對面，若不去注意那過於豐腴、像哈巴狗一樣下垂的雙頰，就勉強可以看出她滿臉愁容。

「我先生狀況還好嗎？」

「目前正在調查中，妳說他是昨天早上就出發了對吧？」

「對，可是沒跟我說要去哪邊，只說要過夜。」

「他是自己開車出去嗎？」

「不是，只要是這種的，他就會坐公車。」

「什麼意思？」

「哦，因為他平常到哪邊都會開他的保時捷。」劉太太說保時捷三個字的時候拉長了點，手做出開車的姿勢。

保時捷？閻良揚起眉毛。「劉先生已經退休了對嗎？」

「對，但偶爾才會像昨天那樣出門一兩天。」

「劉先生退休前是教授，對吧？」

「所長！地研所所長！」

「哦，所長……劉先生他有可能跟任何人結怨嗎？」

「不可能！」劉太太手拿著咖啡停在空中。「他做人很實在，工作又認真，不然他怎麼可能當上所長？」

「我聽說二十年前有謠傳……」

「哼！那都是記者亂掰出來的，我們家有多大困擾你知道嗎？四、五年前那場地震又把我們家搞得天翻地覆。要比學問那些記者哪有我先生高？居然敢在報紙上面亂講話。」

「對對對，我相信一定是假的。」閻良假裝在筆記本上寫字。「現在我念幾個名子，有印象請跟我說。」

「倪軍啟、林志忠、韓長利、趙慶二。」

「倪軍啟就黑道老大啊，李什麼忠的跟姓趙的沒聽過，韓長利就議員……」說到這裡劉太太挺胸、鼻孔張大。「我先生跟他是朋友。」

「朋友？」

「對！二十年前要開發忘見湖的時候，他還特地去研究所拜訪我先生。」

「所以是那時候認識的？」

「對啊，沒有我先生就沒有忘見湖。你看十幾年前那邊多旺，每天都好多台遊覽車，結果一地震就通通都說是我先生害的。」劉太太搖頭，雙頰隨之晃動。

「那周森青這個人名有印象嗎？」

「周森青？」劉太太皺緊眉頭。「嘿……好像有哦。」

「他年紀也跟劉先生差不多，之前是建築師。」

「啊！他女兒是我先生教的。」

「哦？」

「很可憐欸，上過新聞啊。他女兒好像去參加什麼抗議，結果被綁架了，結果就再也沒回來了欸。」劉太太遮嘴壓低聲音，但聲音一樣響亮。「他女兒很漂亮哦，我兒子那時候也愛她愛得要命，可惜喔……」

「我可以跟你兒子談談嗎？」

「現在他爸不在家，我可以叫他來啦，不然父子倆很多年沒講過話了。」

「他是在……」

「他在市中心開園藝用品店，法院附近那間。」

「那我去拜訪他就好。」

「警察先生，那個……我先生應該沒出什麼事情哦？你都不說我會擔心欸。他孫子今天生日，可是學校帶出去玩明天才回來，如果他還不回家，我不知道怎麼騙小孩。」

「現在什麼都還不清楚，如果後續有什麼狀況，我同事會再來。」

閻良起身道謝，走到門外時大力呼出一口氣，全身抖了一下。不曉得為什麼跟劉太太講話有一種渾身不舒服的感覺。門口擺放兩台保時捷，一台很舊了，另一台則絕對剛買不到半年。他還以為那是客人的車，但車牌號碼結尾都是四個七，顯然是同一個車主，也就是劉豐司。一個大學教授能這樣買兩輛保時捷還挑牌，還可以幫老婆買店面開一間明顯虧錢的咖啡店。

「嘖嘖。」

＊＊＊

程景白先走出門，袁俊孝趕緊跟在後面，門就算關上了也還是不斷傳出林志忠太太殺豬似的哭聲。他們倆穿過插滿玉神蓮仙宗旗幟與海報的庭院，一句話都沒有說。那種既視感依舊在袁俊孝腦海裡迴盪，拜訪林志忠家裡完全沒有任何幫助，反倒李太太的哭叫聲深深烙印在他腦子裡，不斷說著自己先生不可能召妓一定是謀殺云云。

「媽的，查出來是誰給我亂跑外勤。我晚點就回局裡！」」程景白又罵了好幾句才掛掉電話。「抓到我一定抓出來記大過。」
袁俊孝點頭，雙眼瞪著前方有點失焦。
「很快啦，再三場。」程景白瞄了自己下屬一眼。
「你好像都沒感覺。」袁俊孝苦笑。
「要嘛一開始就沒感覺，要嘛到退休都會有感覺。」
「她說她兒子跟媳婦失聯，丟了一個孫子給她養，他不知道明天要怎麼跟他孫子講……」
「那他們家的事情，不用管。」程景白打開車門。
袁俊孝點頭，打起精神開車往韓長利的家出發。出乎袁俊孝的意料，他家並非獨自一棟，而是在某個豪華大樓的最高層，就連進入專屬電梯也有保鑣陪同。雖然他知道議員跟自己一樣領國家薪水，差異可以極大，但親眼見識天與地時還是頗為震驚，旁邊的程景白倒像是看慣了似的。
「請。」一看就知道是退伍軍人的保鑣說。
顯然這是一層獨戶的格局，電梯門一打開只看到一扇大門。門上滿是金色浮雕很是華麗，門把上沒有鑰匙孔，只有指紋掃描器。可能那扇門就比自己一年房租還貴了，袁俊孝心想。門無聲地開了，一名看起來大約五六十歲的女人站在門後。她劍眉橫豎，顯得十分有氣勢。臉上有些許皺紋但只讓她看起來更加睿智而非衰老。她一邊觀察這兩名警察一邊似乎還念著佛，手上的佛珠不斷轉動。
「請進。」她佛珠停了一會兒，但立刻又轉動起來。

屋裡更加豪華，真皮沙發、石膏雕塑、瓷壺裝飾、水晶燈、大理石牆壁樣樣不缺，牆上到處都是掛畫。他們倆人坐在沙發上，而那名女人則端了兩杯茶放在桌上。

「明天我要陪我孫子一整天，我們今天就把事情解決了吧。」韓太太把茶推到兩名警察前面。「我先生……過世了？」

「嗯……請節哀。」程景白顯然挺詫異。

「嗯。」韓太太閉上眼睛，手裡佛珠轉得更快了，過了好一會兒她才睜開眼睛。「是忘見湖那個案子吧？」

「對。」

「看新聞說是謀殺？」

「初判是這樣，但現在鑑識報告跟驗屍結果都是自殺。」

「自殺？」

「對，現場沒有第二人的跡象。」

「我覺得我先生有一天可能會自殺，但不會是現在。他……是怎麼死的？」

「股動脈穿刺，失血過多。解剖跟動作還原後證明是韓議員自己持刀……」袁俊孝說。

「已經解剖了？」

「很抱歉，但這是重大刑案，為了不讓兇手＊＊＊」

「我了解，我什麼時候可以去看他？」

「隨時都可以，在T醫院。」程景白說。

「可以跟我說到底發生什麼事嗎？」

「韓議員他……」袁俊孝咬唇。

「說吧，我準備好了。」

「韓議員與其他四名死者……在忘見湖別墅召妓。死亡時他人坐在一張椅子上，在拔除指甲的過程中誤傷股動脈致死。」

「拔除指甲？」

「對，他拔掉自己小指，無名指算是拔到一半，至於原因還在調查中。」

「怎麼可能會有人對自己做出這種事情？」

「韓太太，雖然驗出來是自己動手的，但因為牽涉到毒品，所以我們仍懷疑是他殺。」

「毒品？」

「對，韓議員遺體內有驗出毒品，現場也有。」

韓太太再次閉上眼睛，手上的佛珠飛快地滾動。

「可以請教您一些問題嗎？」袁俊孝問。

「問吧。」

「您先生昨天幾點離開家裡？」

「一樣，司機七點半就會載他去辦公室。」

「他有說晚上不回來過夜嗎？」
「沒有，但他常常沒有通知就在外面過夜。」
「韓太太，請教一下，為什麼一看到我們就問韓議員是不是過世了？」程景白問。
「我先生一出社會就在政治圈工作，從來沒有警察敲過門。這方面他……一直處理得很好」
「他有跟誰結怨的可能嗎？」
「他不會跟我說他朋友或者事業那方面的事，我要看報紙才知道他又質詢誰，提什麼案。但就像我說的，他很了解這圈子要怎麼做。他常講『弄得掉他的都處理好了，弄不掉他的也不需要處理』，所以……應該是沒有。」
「嗯……，那妳說……妳覺得妳先生遲早會自殺，這是指？」
「他做了不少虧心事，不管處理再好有一天終究會有報應。」
「可以請妳說明嗎？」袁俊孝問。
「一個議員如果只領薪水能住這種房子、掛那些畫嗎？」她看著袁俊孝的眼神彷彿在看小孩子。
袁俊孝點點頭沒有回答。
「就妳所知，韓議員有和江海會往來嗎？」程景白問。
「那是黑道吧？我真的不知道，他不會跟我說這些的。」
「那晶龍營建呢？」程景白問。

「這間公司有，逢年過節都會互送禮物，他們董事長跟總經理也來拜訪過。我先生幾乎不招待人回家，所以算是密切吧，我先生還買了他們的股票放在我名下。說什麼這沒有上市，很穩，反正我也不懂。」

程景白和袁俊孝互視一眼。

「他沒有問過妳就用妳的名子收購是嗎？」袁俊孝問。

「是吧，總之報稅的時候就看到我今年名下有持股。」

「今年？大概什麼時候購入的？」

「半年前吧……」韓太太側頭思考。

「再請教一下，韓議員大概是什麼時候開始和晶龍往來？」

「很久以前了，他們是忘見湖開發案才認識的，那陣子我先生大概有三、四個月沒回過家，一直在推動那邊的觀光。」

「如果是忘見湖還沒開發的時候，那就是二十幾年了？」

「差不多。」韓太太點頭。

「您有聽說過劉豐司嗎？」

「從來……沒有，他是……？」韓太太搖頭。

「他是死者之一，一位大學教授。」

「嗯……抱歉，沒聽過。」

「好，那玉神蓮仙宗呢？韓議員是不是有跟他們＊＊＊」

韓太太嗤之以鼻。「你說那個仿冒的邪教？不可能。」

「仿冒？」

「對，這種邪教就是把現有的宗教全部混在一起的垃圾。」韓太太額頭的血管突然變得很明顯。

「韓太太＊＊＊」程景白說。

「混在一起？」袁俊孝問。

「對，通通混在一起。拿聖經配濕婆的也不是沒有。邪教第一步就是宣稱自己是神的化身，最現成的就是拿接受度高的耶穌基督、釋迦牟尼來騙，經文就拿對自己有利的來印，然後用騙術展示『神力』。再來只要說信教可以長命百歲、賺大錢、治癒癌症什麼的就可以了。玉神蓮仙宗就是說世界要毀滅了，跟隨他才能活……」韓太太一連串講完，撫著胸口喘氣。「對不起，我有信仰，也很了解宗教，所以只要看到有人用神的名義招搖撞騙，我就會……」

「不會，所以跟玉神連仙宗沒有關係……。對了，今天有其他警察來拜訪你嗎？」程景白問。

「沒有，怎麼這樣問？」韓太太皺眉。

「啊，沒事。謝謝你的配合。」

「你問那個邪教……是因為跟我先生的案子有關連嗎？」韓太太問。

「對。」袁俊孝說。

「是死者之一？還是嫌疑人？」

「死者。」

「也是召妓的吧？」韓太太嘆口氣。「如果跟那種人走在一起，什麼都做得出來了，自殺也……」

「謝謝妳的配合。」程景白拍了袁俊孝的肩膀，然後站起來。

袁俊孝還想說些什麼，但韓太太已經閉上眼睛，手裡佛珠也飛快轉動。

仿冒的宗教嗎？袁俊孝未曾真正研究過邪教，事實上就算這類犯罪時常上新聞，但多半就是詐財騙色，幾乎不曾出過命案，也因此他不曾接過這種案子。想到這裡，他不禁搖頭。這些宗教的確很懂得不跨過底線。如果說玉神蓮仙宗的教義或者經文是直接取自其他宗教，那就可以解釋他的既視感了，他肯定在哪邊聽過。袁俊孝摸摸鬍渣，思考著哪邊可以讓他查資料。

「這行做久了你就會發現，只要跟宗教碰上關係，你什麼都不用查了。」程景白不斷戳著往下的電梯按鍵。

「完全不能用常理判斷。」

「你看剛剛那女人，老公死了好像沒感覺一樣。」

「嗯……」

「也好，省得輕鬆，走吧。」

＊＊＊

為了載他的律師熟客，法院附近閻良非常熟悉，那間園藝用品店也不時經過。他車子已經停好很久了，但前方那台警車一直不走，害他穿著外套不敢下車，免得那身制服被看到，而一點都不涼的冷氣讓他汗如雨下。好不容易等到那兩名警察聊完天後，天色已經暗下來了。他匆匆下車走進園藝店裡，看到店員才忘記自己還沒脫下外套。女店員看著這名忙著扭動身體、全身都是汗的警察皺眉。

「我找你們老闆。」閻良一邊說一邊把外套摺好放在手上。

「你……等等。」

女店員跑到後方的辦公室，不久一名矮小的男人走出來。

「怎麼了嗎？」

「不好意思，有個案子要麻煩你。請問你父親是劉豐司，對嗎？」

「到底怎麼了？」

「只是常態性的詢問，昨天發生一個案子，有人目擊到你父親，我剛從你母親那邊過來，她說我可以找你談談。」

「什麼案子？」

「抱歉，現在還不能說。你對周森青這個人有印象嗎？他現在七十幾歲，以前是個建築師。」

「周大哥？當然有。」

「你父親曾經當過他女兒的教授？」

「你要幹嘛？。」

「可以大概跟我說當時失蹤的狀況嗎？」

「怎麼，現在警察開始關注這案子了？你們她媽的會不會太晚了？」

女店員顯然嚇到了，跑到貨架後面裝忙。

「以前的人怎麼查案我不知道，我現在就是在跟你問案，請配合。」

閻良怒視對方，目光十分兇狠，但對方眼裡那種失望與冷漠卻讓他不禁退卻。那位矮小的男人深深嘆氣，低頭揉著雙眼。

「她失蹤那天……我跟她在湖邊抗議，她說要去趕我爸的課，那是我最後一次看到她。她一失蹤，整個自救會就開始垮了。有人打電話給周大哥，要他準備一千萬現金，不能跟警察講。他就這麼一個女兒，怎麼可能敢違抗歹徒？那一天還下大雷雨，鈔票濕了有多重你知道嗎？後來報警你們警察還說是周大哥自己浪費掉黃金搜索時間，責任在他父親。你有沒有想過，如果周大哥馬上跟你們說，你們還不是等上個二十四小時才肯填單？」

「周森青當時真的領現金去赴約？」閻良皺眉，腦海閃過那個旅行袋。

「嗯，但根本沒人去約定地點。跟你說，就是晶龍那些狗搞的。我本來想撐起自救會，但就連周大哥也決定搬走。他一走，我爸再弄個假報告，政府那邊破天荒超快通過……幹。」

「你說你爸……」

「他把土壤液化的報告吃掉了啦，那個垃圾。」

「你有證據？」

「五年前的震災不是證據？保時捷不是證據？」

「好好好，所以……你覺得綁架案跟整個忘見湖開發有關連？」

「你到底是不是警察？你不會去找以前的資料？去問你們學長啊，媽的警察狗。」眼前這男人甩手往二樓走去。

「妳不去接小孩哦？」

不一會兒一名女人匆匆忙忙地跑下來，一看到閻良就點頭微笑，然後走到門口替閻良開門。

「抱歉啦，我先生個性比較……那個啦，你不要介意，你辛苦了。」

「不、不會。」

「還有什麼問題你來找我好了，我不知道我再幫你問我先生。」

「謝謝。」

女人點頭往一台機車走去，但走到一半又「啊」一聲跑回店裡。

「是明天……」女人的聲音越變越小。

閻良往自己的車子走去，天幾乎全暗了。他穿上外套，一邊走一邊思考。照目前得到的情報，周森青完全有動機殺死那幾個人。首先，二十年前，劉豐司做假資料，他女兒抗議所以倪軍啟動手綁架她，韓長利再快速通過開發案，趙慶二不用說幾乎就是晶龍的人，那林志忠呢？那天閻良離開別墅的時候，看到外面有一大堆信徒。如果信徒是反開發的話，那為什麼周森青要殺林志忠？但話又說回來，為什麼要等了二十年才動手，還是得了老人癡呆之後？

閻良關上車門，抓著腦袋想不出頭緒。看手機已經七點多了，上面顯示的日期似乎也讓他頗訝異。

「這麼久了嗎……」他喃喃自語。

突然他想到什麼，摸遍全身上下的口袋，然後才在自己換下來的衣服裡找到周森青的醫院收據。他藉著路燈確認是T醫院後，發動車子。

＊＊＊

「當教授可以開兩台保時捷，媽的我進錯行了。」程景白說。

聽到這個，劉太太的雙頰又在袁俊孝腦海晃動起來，他搖頭專注地盯著前方那兩隻巨犬，努力克制住大吼的衝動。程景白輕拍他的肩膀，然後走到前面，那兩隻狗登時停止吠叫，反倒瘋狂搖著尾巴，顯然認識這個人。

程景白伸出雙手替牠們抓癢，然後走上台階按門鈴。那兩隻巨犬似乎受過訓練不能走上台階，於是雙雙轉頭瞪著袁俊孝，逼得他立刻衝上去。面對這種巨犬，先瞪再大叫嚇牠們的絕招肯定沒用。

「程組長好！」一名平頭黑衣男對程景白行個軍禮，屋子傳出許多人的說話聲，似乎有場飯局。

「你們小姐呢？」

「先坐。」

他們倆跟著平頭男進去，袁俊孝聞到濃濃的檀香味。屋子裡有一張巨大的圓形木桌，全部坐滿人，桌上則擺滿各種菜餚與酒。桌上的人年紀都頗大了，最年輕的大概也快五十歲了，他們原本很熱烈討論著什麼東西，但一看到程景白就靜下來，面露出兇光。

「程大組長，來抓人啊？」

「組長，我錢包掉了，我要報案。」

「欸！我有兩個人在你們開的飯店住，有沒有吃飽啊？」

突然有人拿湯匙敲桌子，瞬間整個房間安靜無比。桌子那邊有個人站起來，她頂著一頭黑色長髮，臉蛋乾淨身材纖細，氣勢卻絲毫不輸桌上那些人。

「程組長，坐。」倪彤雲邊走邊指著客廳的木沙發。

「倪小姐，這只是常態性的問訊，麻煩你了。」

「請。」

不曉得為什麼袁俊孝總覺得倪彤雲給她一種似笑非笑的感覺，像是在隱瞞什麼。

「倪先生前天幾點出門？」程景白問。

「王敬下午兩點多來接他，沒跟我說去哪裡，沒說什麼時候回來，他一直都這樣。他有一堆仇人，但那些人要殺人會直接開槍，不會搞成那樣，而且他走之後其他地方都沒動作，不會是他們幹的。」

「驗屍跟鑑定報告都指出案發現場沒有第二人，你爸是……自己做出那些事情的。」袁俊孝說。

「不可能。」倪彤雲冷笑。「你是想說自殺是吧？不可能有這種事情。」

「我們也覺得不可能，所以需要妳協助。」程景白說。

「我昨天有看到幾個白的，他們是去玩女人？」

程景白點頭。

「我爸到底是怎麼死的，跟我說。」

袁俊孝看向自己主管，表情遲疑。

「你覺得我是女的不敢聽？」

程景白點頭，袁俊孝見狀清清喉嚨。

「前天晚上九點，五名被害者喝下摻ＧＨＢ的香檳，這香檳是外面帶進去的，目前判斷是拿來降低被害者戒心與判斷力。進房間後，妓女替死者注射Ｋ他命，這除了興奮之外也有有麻醉劑的效果。之後妓女進浴室，電磁閥觸發門上鎖，金屬籠同時也通上電。浴室裡有一張水溶紙，上面的訊息命令妓女念出一些東西，然後丟進水裡毀掉。水溶紙消失得很澈底，所以無法知道內容。訊息判斷是中文，但是用英文拼音寫的，所以妓女會唸但讀不懂，也記不起來。你父親有開槍，浴室門兩發跟房門六發，但沒有破壞掉門。就槍聲與死亡時間比對，他大概在開槍後兩個小時內開始……。」

「跟那邪教有關係對吧？我爸以前活過多少次火拼，他不可能把自己搞成那樣子。」倪彤雲臉色變得非常難看。

「是不是跟玉神蓮仙宗有關係還在釐清中。」程景白說。

「我聽說死者裡有一個是他們的法師，對吧？」

袁俊孝與程景白對視一眼。

「從哪裡聽來的？」程景白問。

倪彤雲聳肩。「我拿了不少被他們偷吃掉的生意回來，如果是他們搞的，我會把他們那個老仙宗拖出來辦了。」

「目前沒有跡象跟他們有直接關連。」程景白說。

「那些信徒都說死這五個人是什麼奇蹟了，你說沒有關聯？」

「我只能說釐清中。」

倪彤雲冷笑。

「根據調查，五名死者都持有晶龍股份，包括你父親也是，這你知道嗎？」

「我爸投資很多東西，我不會全部知道。」

「你父親跟晶龍一直有生意上的往來？」

「忘見湖剛開發我們就有投資，地震垮掉之後就停了。」

「五年前那場？」袁俊孝問。

「嗯，但這半年來他們副總又開始聯絡。」

「趙晶？」

「嗯，她邀請我爸再開發一次忘見湖。」

「他有去？」程景白問。

「現在是我管事，我直接拒絕了。我看過報告，那座湖遲早會乾掉，土壤液化也不可能改善，趙晶的企劃書也亂七八糟，我不相信他們真的要再開發那裡。」

「妳說亂七八糟是指？」袁俊孝問。

「沒說法規要怎麼躲，沒說湖乾掉之後要換什麼賣點，沒說五年前的官司怎麼處理，只有一堆平面圖跟湖岸規劃，我沒這麼蠢。」

「所以忘見湖開發只是個幌子……」袁俊孝喃喃自語，突然他抬頭。「王敬有沒有女朋友？」

「我沒在管我的人私生活。」

「趙晶祕書說她男友似乎是長頭髮的。如果這半年來你父親有跟趙晶見面，那她肯定也見過王敬。」

「你是說他們兩個人是男女朋友？」倪彤雲的臉彷彿凝結成冰。

「王敬人在哪裡？」程景白問。

倪彤雲沒有馬上回答，只是看著他們倆人。

「五名死者裡有一個人不知道身分，現在知道是誰了嗎？」

「妳從哪裡聽來的？」袁俊孝皺眉。

「是誰？是他們總經理對吧？趙晶想幹掉他舅舅是不是？他們董事長不是死沒多久？為了財產？」

袁俊孝還想再問，但程景白拉住他。這位老警察看著倪彤雲不說話，眼神複雜。

「彤雲，妳跟我說，王敬人在哪裡？他沒回來妳這邊對吧？」

「那晚開車走的人查到是誰了嗎？那附近沒多少監視器吧？」

「倪小姐。」程景白身體往前傾。「不要自己動手。」

「我不動手要怎麼壓住那些人？」倪彤雲頭朝餐桌那邊抬了抬。

「抱歉，就算妳是他女兒，我也只能照規矩來。」程景白站起來。

「我也是。」倪彤雲也站起來。

倪彤雲跟程景白就這樣對視著，僵持好幾秒，旁邊的黑衣人全部圍上來，瞬間整個空間變得安靜無比，最後倪彤雲移開目光。

「送客。」

倪彤雲話一說那群黑衣人立刻湧上來推擠袁俊孝和程景白，嘴裡吐出來的盡是些下三濫的髒話。袁俊孝將手按到槍托上，耳裡不斷傳來自己心跳聲。

「幹，再叫啊，出去外面就不要被我遇到。」程景白大吼。「倪軍啟帶出來的人都死光了是不是？怎麼都剩這種垃圾？」

場面安靜了一兩秒，但那些人立刻又開始嚷嚷起來，一個比一個大聲，還有人掏出槍來揮舞。程景白沒有理會，而是直直走向門口，門一開那兩隻巨犬立刻開始吠叫。程景白站在門口拍拍被弄皺的衣袖，惡狠狠地瞪那些黑衣人一眼，然後掏出手機。

「我是程組長，增派人找五屍案的趙晶跟王敬。對，通通叫回來支援。吳佳志跟蔡怡君呢？他媽的……繼續找。」程景白用力掛掉電話。

「如果先給她找到人，她一定會先動手對吧？」

「嗯，不然她服不了人。」

他們關上車門，狗吠聲變小不少。

「組長，現在你怎麼看？」袁俊孝轉動鑰匙，但沒有發動。「趙晶要殺趙慶二，推動忘見湖再開發來模糊焦點，找了其他死者和有動機的周森青、李宛玉，再找王敬和吳佳志幫忙，然後把現場儀式化，一來卸責二來嫁禍給玉神蓮仙宗？」

「嗯……可是現在她消失不就等於宣告是她下的手？」

「一定有什麼狀況讓她跟王敬兩個人同時消失，嘖……」袁俊孝發動汽車。

「你讓我想到之前處理的搶案，銀行的，鬧很大。搶的人是高手，餌鈔一個都沒拿，銀行被搶了兩千多萬，怎樣查都抓不到。結果郊區有人報案說聽到槍聲，局裡忙得要死，就叫一個菜鳥去看看，結果就破案了。」

「啊？」

「血從門下面流出來，菜鳥撞開門，裡面全都是鈔票，四個人全死了，黑吃黑。」

「所以你覺得趙晶那一夥人有人出狀況，他們在互相清理？」

「誰知道，至少周森青在我們手上。走吧，送我回局裡，你早點下班。」

「組長，我可以留下來……」

「你很久沒去看你媽了吧？」

「可是王敬如果被＊＊＊」

「王敬是江海會的，知道哪邊該去哪邊不該去，我不覺得倪彤雲會比我們早找到，去吧，局裡我顧。」程景白又用力拍打了袁俊孝的肩膀。

＊＊＊

雖然閻良常來T醫院，但從來沒去過精神科，等他找到時已經很晚了。現在他人在櫃檯等，值班的護士顯然很是緊張，頻頻用眼角偷看他，最後總算有一名醫生從陰暗的長廊走來。

「你找周森青先生的病例對吧？」醫生說。

「對。」

「這邊。」醫生拿出一個薄博的資料夾。「我可以問發生什麼事了嗎？」

「周先生跟一件命案有關聯，但看他狀況似乎是老人癡＊＊＊」

「阿茲海默症或失智症，我們用這兩種來稱呼。」

「哦……不好意思，警方察覺到周先生有這個狀況所以來調查。」

「他大概是七個月前來看診的，不過已經是中晚期了。」

「應該是跟家人來吧？」

「他太太，聽說最近過世了，癌症的樣子。」

「是嗎……他狀況如何？」閻良想起周森青家門口的燈籠。

「很糟，現在藥物治療只能防止惡化，很快就沒辦法獨立生活了。周先生他……已經好幾個禮拜沒來複診了，如果你知道他人在哪裡，要盡快帶他回來吃藥，不然惡化會更快。」

「我明白，請給我一份副本。」閻良將資料夾拿給護士。

拿到副本後閻良走到廁所把警察制服換下，然後尋找「心臟血管外科」的牌子。他走到候診室前面坐下，就算已經九點多了，還是有好幾位病人在外面等，每個都病懨懨的，除了播放各種宣導影片的電視外，沒有任何聲音。護士走出來叫號，一看到閻良就微微睜大眼睛，顯然認出他來。但她沒有打招呼，而是縮回病房說幾句話，然後繼續叫號。

閻良雙手抱胸閉上眼睛等待，病人一個個進去也一個個出來，等到人走光已經十點多了。診間門又開了，護士背上一個包包離去。閻良睜開眼睛，走到裡面，一名肥胖、穿著白袍的醫生正在收拾桌上的資料。

「狀況怎樣？」閻良問。

「還好，沒更糟，就是剩半年，尾款快吧。」醫生沒有看閻良，只是將資料塞進公事包裡。

「不用我說你也知道半年內要再有貨很難了，對吧？」

「嗯。」

「跟你說吧，貨是女的，剛搭飛機來賣，很年輕才三十幾歲，AB型，你媽是A，還算有機會。」

閻良沒有說話，只是看著醫生收東西。

「你媽已經超過六十歲，正常管道不可能分給她的，這就不用想了，盡快吧，一堆人搶。」

「錢快到了，貨別亂動。」閻良用力吞口水。

醫生看閻良一眼但沒有說話，而是走到門邊打開門，揮揮手像是在趕狗出門。閻良走出去，醫生迅速將門關上。

「半年啊。」醫生說完搖搖擺擺地離去。

閻良又坐在候診室的椅子上好一會兒，燈全關了，只剩緊急逃生燈綠色的光映在他臉上。不曉得為什麼，知道繼母心臟功能不到百分之二十後，一個人坐在這裡成了他少數可以找到平靜的時刻。但不久便被守衛的腳步聲打斷，閻良熟練地走到走廊另一邊，轉個彎就看到電梯。

他按下十三樓，電梯打開後，走廊一樣頗為幽暗，一個人都沒有。閻良腳步越放越慢，只覺得每一步都沉重無比。最後他在一間熟悉的病房前停下來，過了好一會兒才敲門，又過了好一會兒才開門。

房間有兩張床，但只有一盞桌燈亮著，微弱的黃光讓整個空間朦朦朧朧的，牆上有一台電視閃著光，不是喇叭壞了就是開靜音，一點聲音都沒有。一個女人躺在床上動也不動，幾乎沒什麼呼吸聲，若仔細聽也只有斷斷續續的嘶嘶聲。

閣良沒有說話，而是看著另一張整潔、空無一物的床。最後他在門邊的椅子坐下，把那袋警察制服放在大腿上，然後閉上眼睛。他心裡很亂，而那氣若游絲的呼吸聲更令他煩躁，但意識漸漸地變得恍惚。

他似乎又回到湖邊別墅裡，躺在床上的是周森青，呼吸聲幾乎一模一樣。他打開旅行袋，裡頭卻裝滿牙齒、指甲與腎臟，血腥味撲鼻而來，他驚得往後跳去。

碰！警察制服掉到地上，閣良愣了好一會兒才發現自己作夢。

「阿孝？」

一個虛弱女人的聲音從床上傳來，伴隨著粗糙的喘氣聲。

「媽。」

「哦……你來了。」

「抱歉，把妳吵醒。」閣良將袋子撿起來，放到桌上。

床上的女人沒有說話，甚至沒有動，但閣良感受的到她的目光。

「媽，隔壁床的人走了哦？」

「嗯，上禮拜就走了。」

「我昨天有看到阿孝。」

「真的？」女人轉頭。

「嗯，他在工作，穿制服，很帥。」

「是哦，這樣好。」女人輕輕點頭。

「媽，都還好吧？」

「就這樣啊。」

閻良點頭不再說話，兩人就這樣熟練地沉默，看著電視閃動的畫面。房間安靜無比，最大的聲音也就是彼此的心跳，而其中一個無比衰弱。無聊的鄉土劇進入廣告，先是賣汽車的廣告，再來是手機，不論是哪個都無法吸引閻良的注意，他就只是盯著螢幕放空。接下來是電影的廣告，四名像是魔鬼的人騎著各種顏色的馬奔馳，床上的女人似乎有了興趣，頭微微向前伸仔細看著。

「阿孝說等我身體好了，要帶我去電影院看那個。」女人指著電視，手指不斷顫抖。

「嗯……如果他沒空，我帶妳去吧。」閻良記下電影的名稱。

女人沒有說話，只是目不轉睛地看電視。突然門打開了，一名穿著警察制服的男人走進來。

「你在這裡幹嘛？」袁俊孝似乎很詫異。

「沒有。」閻良說。

袁俊孝走到桌邊，將閻良的袋子移到旁邊，然後把手上的塑膠袋跟公事包放到桌上，袋子裡傳出陣陣魚湯香氣。

「阿孝，你還沒吃哦？」床上的女人問。

「今天加班，不用擔心啦。」袁俊孝將塑膠袋裡的東西拿出來。「我也有買妳的。」

閻良伸手要將他的袋子拿回來，袁俊孝讓開身子，但袋子裡某個閃亮的東西讓他抓住閻良的手。

「拿來。」閻良將手甩開，伸手要搶。

袁俊孝將袋子裡的東西拿出來，是個閃亮的警徽，裡面的衣服更是眼熟

「就是你？」

閻良沒有說話，只是將警徽搶回來，丟進袋子裡面。

「就是你假裝成警察的？」袁俊孝大吼。

閻良只是看著袁俊孝，神色複雜。

「你在搞啥？你到底是在搞啥？你會害死我你知不知道？你不要跟我說你跟案子有關係，我第一個把你抓起來！」

「阿孝，難得來看我就不要生氣啦。」

「你調查這個有屁用？」袁俊孝繼續大吼。

閻良還是沒有說話，而床上女人大力咳嗽，幾乎快喘不過氣來，但袁俊孝還是怒瞪閻良。

「阿孝，我想吃東西，你幫我把碗洗一洗好不好？閻良，你就走啦。」

「如果我必要我會約談你！」袁俊孝說完走到床頭櫃，拿起碗筷走進廁所。

「你還沒有跟他說吧？」女人問。

閻良搖頭。

「這樣就好。」女人用氣音說。

不一會兒袁俊孝走出廁所，然後將他買的清魚湯倒到碗裡。

「媽，你先喝，我去幫你裝水。護士如果又忘記妳就按鈴，不要不好意思。」

「嗯……」

袁俊孝又瞪閻良一眼走出房外，他沒有反應。等到袁俊孝關上門後，他的視線移動到袁俊孝的公事包上。他感受的到他繼母的目光，但他管不了這麼多。袁俊孝的公事包裡有一本頗眼熟的筆記本，他隨便翻一翻，全是五屍案的筆記，他又翻出一疊資料，裡面盡是些建物許可證、工程圖之類的文件，他迅速用手機全部拍起來然後放回去，即便如此也花了他好幾分鐘。

「閻良，你要幹什麼就幹什麼，我都不想管，就是不要跟他說就對了，知道嗎？」

閻良沒有轉頭，只是看著手機上的照片，過了一會兒才點頭。他繼母放鬆似地吐出一口氣，一切又回歸寂靜。不久門開了，袁俊孝拿著水壺走近來。

「媽，你怎麼不喝湯？」

「太燙，等一下再喝。」

「身體有沒有好一點？」袁俊孝在床旁邊的椅子坐下，握住自己母親的手。

「有，放心。」

「阿孝，等你有空的時候……」

突然袁俊孝的手機響了，他幾乎是下意識地接起手機。房間裡非常安靜，話筒的聲音一清二楚。

「組長？」

「找到蔡怡君了，可以就快來。」

「我馬上到，在哪裡？」

「忘見湖附近的海港。」

「要帶回警局嗎？」

「人死了。」

「死了？」

「我快到了，你快來。」

袁俊孝將手機塞進口袋，看著母親顯然有點不知所措。

「阿孝，你就去。」女人說。

「媽，對不起，這個案子很大……所以……」

「去吧去吧，不用管我。只是這麼晚，你要去哪裡坐車？你有開警車來嗎？」

「我去叫計程車就好。」袁俊孝握住女人的手。「媽，不用擔心。」

「閻良，你載阿孝去啦。阿孝，聽話，讓你哥載你去，我才放心。」

袁俊孝沒有說話，掏出手機看時間又瞄閻良一眼，最後嘆氣。

＊＊＊

閻良駛出市區，速度非常快。袁俊孝坐在副駕駛座，一路上都沒有說話。閻良似乎很習慣了，安靜地開車，而袁俊孝顯然很難受，又是換姿勢又是整理公事包，最後索性拿出筆記本來研究。

蔡怡君死了，看來就像他跟程景白推測的，以趙晶為首的這群人開始互咬了。但究竟為什麼？如果真的是共謀，那這群人就是各取所需，殺了想殺的人，事後只要閉嘴不要搞失蹤，就憑現場的證物，要追溯到他們身上也很困難。他們之中有誰有理由得殺了蔡怡君嗎？難道蔡怡君良心發現想要自首？

袁俊孝摸著鬍渣，總覺得哪邊有問題。還有，究竟為什麼趙晶那些人要將李志忠的屍體弄成那樣？是為了確保倪彤雲找玉神蓮仙宗復仇嗎？可是倪軍啟的屍體就是最好的引爆點了，沒必要為這個再冒險。

他翻著筆記本，瞄到無臉嬰的字眼。是啊，還有這個，這又該如何解釋？為什麼嬰兒都沒有畫出臉，又為什麼中間房間的窗戶花紋跟其他房間不一樣，也沒有鳥籠、椅子？還有那該死的既視感，這種感覺一直跟著他，但他卻怎樣都想不起來。

「媽說你要帶她去看電影。」閣良突然說。

「什麼？電影……？」

「電影啊，什麼啟示錄的吧？」

「嘖，我忘＊＊＊」

啟示錄？袁俊孝心裡降下一道無聲的落雷，電影廣告中的畫面湧進腦海裡。他用力翻著筆記本，抽出一張周森青畫的窗戶素描影本，然後又找出他整理的仙宗經文。弩箭、獨鈷杵、桿秤、天戟杖，瞬間這些符號、顏色在他眼裡通通有了另一種意義。他掏出手機輸入一些字，一張圖片立刻跑出來。

「仿冒的宗教……」袁俊孝舔舔嘴唇。

手機上的圖片裡有四名騎士奔馳在戰場上，到處都是屍體跟火焰。為首的人騎著白馬、頭戴金色王冠、手持弩箭、眼神俾倪；第二人騎著紅馬、馬鬃像火一樣飛揚，騎士手持大刀正砍下一人的頭顱；第三人騎著黑馬，人馬皆枯瘦如柴，手拿著天秤，馬蹄下全是一片乾土；第四名騎士是一具骷髏，騎著灰色的馬，手拿著一把長鐮刀，其身後的人全化為白骨。他將圖片存起來，然後繼續搜尋。

「聖經最後一個作品……啟示錄，天啟四騎士，七印……哼。」

袁俊孝查到了啟示錄第六章經文，一切再清楚不過。他將經文複製到手機裡，然後加上註記。

第一印／第一鐘
瘟疫／疾病
白馬／白鬼
弓箭／弩箭
死者：林志忠

羔羊揭開七印中第一印的時候，我觀看，就聽見四活物中的一個，聲音如雷，說，你來。我就觀看，看哪，有一匹白馬，騎在馬上的拿著弓，並有冠冕賜給他，他便出去，勝了又要勝。

第二印／第二鐘
戰爭／鬥爭
紅馬／紅鬼
大刀／獨鈷杵
死者：倪軍啟

羔羊揭開第二印的時候，我聽見第二個活物說，你來。我就觀看，看哪，另有一匹紅馬出去，騎在馬上的得了權柄，可以從地上奪去太平，使人彼此相殺，又有一把大刀賜給他。

第三印／第三鐘
飢荒／乾旱
黑馬／黑鬼
天平／桿秤
死者：韓長利

羔羊揭開第三印的時候，我聽見第三個活物說，你來。我就觀看，看哪，有一匹黑馬，騎在馬上的手裡拿著天平。我聽見在三活物中，彷彿有聲音說，一個銀幣買一升麥子，一個銀幣買三升大麥，油和酒不可糟蹋。

第四印／第四鐘
死亡／終結
灰馬／灰鬼
鐮刀／天戟杖
死者：劉豐司

羔羊揭開第四印的時候，我聽見第四個活物的聲音說，你來。我就觀看，看哪，有一匹灰馬，騎在馬上的，名字叫作死，陰間也隨著他。有權柄賜給他們管轄地的四分之一，用刀劍、饑荒、瘟疫、地上的野獸去殺害人。

「如果只有四名騎士，為什麼會死五個人？」閣良瞄著袁俊孝的手機。

「你……」袁俊孝看了他一眼，但又立刻轉頭看著手上的筆記。

「我記得有符號的窗戶只有四扇，對吧？有第五位騎士嗎？」

「沒有。」袁俊孝看著手機搖頭。「沒有什麼第五位騎士。」

已經快十一點多了，路上一輛車子都沒有。閣良開下拐進一條小路，如果是白天，這裡就可以看見海邊了。

「你剛不是說七印，那第五印也有經文吧？」

「有……揭開第五印的時候……」

揭開第五印的時候，我看見在祭壇底下，有為神的道、並為作見證被殺之人的靈魂，大聲喊著說：「聖潔真實的主啊，你不審判住在地上的人，給我們伸流血的冤，要等到幾時呢？」

於是有白衣賜給他們各人；又有話對他們說，還要安息片時，等著一同作僕人的和他們的弟兄也像他們被殺，滿足了數目。

「『……弟兄也像他們被殺，滿足了數目』，這句到底……」袁俊孝咬牙。

「現在死了四個騎士，還會有人繼續死的意思？」閻良嘖一聲。「媽的蔡怡君就死了……失蹤的司機跟趙晶呢？有找到了嗎？」

「沒有，現在連王敬都失蹤了。」袁俊孝搖頭。

「嗯……」

袁俊孝不再說話，只是看著閻良。

「你跟我說，為什麼你要假裝成警察去問話？」

「我要把周森青弄出來。」閻良目不轉睛地看向前方。

「為什麼？」

「我不能說，但我一定要把他弄出來。」

「你是認真的嗎？你跟他到底是什麼關係？」

「他只是一個得了老人癡……阿茲海默症的老人，我問過醫生，他七個月前就診的時候就已經是中後期，很快就不能自理。你覺得他一個晚上能殺上五個人，還弄成那樣？」

袁俊孝沒有反駁，只是看著前方出現的破舊鐵皮屋。他們駛進一個漁村，遠方海邊的天空閃爍紅藍燈光。

「就警方的調查，周森青完全有動機。」

「我知道他女兒的事，但那完全不代表什麼。他為什麼不要二十年前動手？還有，他不是還被你們羈押，他要怎麼殺蔡怡君？」

「我會繼續調查，請你不要再來干擾，那邊放我下來就好，謝謝。」

「我會把他弄出來。」

「只要你犯法，我會親手把你抓起來。」

「我不會犯法。」

「是嗎？」袁俊孝用手指彈了彈那袋警察制服。

閻良沒有說話，只是把車停在路邊。海岸邊紅藍燈光映著幾個人影，現場已經拉起黃色警戒線。袁俊孝拿出兩千塊放在椅子上，然後打開車門，他腳踩到地面時突然轉過頭看閻良。

「案發當晚你去市區到底是做什麼？連我都不能說？」

閻良看著前方沉默，袁俊孝搖搖頭下車跑向警戒區。那裡有個警察站著，一看到袁俊孝就拉高警戒線。袁俊孝似乎跟他說了什麼，手指著閻良的車子，顯然是沒有機會混進去了。他看著那兩千塊苦笑，伸手拿起來塞進手套箱裡，然後揉揉眼睛攤靠在椅背上。休息一會兒後他打開袁俊孝的筆記照片專注地看，不久有個身材壯碩的人走近，伸長頭在觀察他的車。

「阿良？」

聲音隔著窗戶不是很清楚，閻良發現問話的人頭戴著宮廟送的帽子，一手釣竿一手冷凍箱。

「魚大哥！」閻良誇張地行了個軍禮。
「幹，我就知道是你。載警察來哦？有沒有收貴一點？」
「當然有。欸，這裡什麼狀況？」
「幹，死人啊。」
「女的嗎？」
「你怎麼知道？一定是被殺的哦。」
「怎麼說？」
「身上有三四個洞，搞不好是槍咧。」
「我聽你放……」閻良突然皺眉不再說話，掏出手機翻到剛剛閱讀的筆記。
「你幹嘛？不要不信，我看就是，不然那種洞用刀子哪刺得出來？」
「你撈起來的哦？」
「哪這麼衰去撈屍體啊！」
「哦，那你剛在釣魚？」
「對啊。」
「那不就死人魚？」閻良將手機塞回口袋。
「幹，沒這麼衰啦。屍體浮起來那邊不時就有死魚，外行的才去那裡釣啦。我一樣都去漩渦那邊釣啊，跟你說啦，這幾天來釣都很大尾。」

「死魚？」

「對啊，你很久沒來釣都不知道。那種小小隻的也不知道是哪飄來的，這半年一直有欸。」

「切一切做餌啊。」

「幹，當你大哥我沒切過哦，不好用，沒魚要吃。」

「唉喔，別再看熱鬧了啦，都晚上十二點了，睡飽明天去收個鶩比較實在。」

「知道啦！有空來坐，我的海產店重新裝潢好了，現在還兼賣咖啡咧。」

「好！」

閻良走回車旁，往忘見湖的方向看去，天空中漆黑一片，並沒有昨天凌晨看見的那種光柱。海邊那邊依舊閃著警車的紅藍燈光，勉強看得見幾個模糊人影。他像是打定了什麼主意跳進車裡，轉動鑰匙。

＊＊＊

海邊特有的腥臭味與屍體的味道混在一起，逼得袁俊孝不得不用外套掩住鼻子再蹲下觀察。蔡怡君的上衣有好幾道裂痕，露出白色的內衣。皮膚極度蒼白，到處都皺縮起來，不少地方表皮跟真皮都脫離了，像是一層薄膜一樣罩在屍體上。她胸口有三個不規則傷痕，一看就知道是槍傷，四肢還有零星的傷口，顯然被動物啃食過。

「組長。」袁俊孝掏出手機

程景白走過來，兩人走到海邊。顯然在退潮了，滿是樹枝和垃圾的沙灘上躺著不少手指大的死魚。袁俊孝把手機拿給他主管，畫面裡的四名騎士在黑暗中顯得栩栩如生。程景白一邊聽袁俊孝說明，一邊放大那張圖片，過一會兒袁俊孝又把經文打開。

「等著一同作僕人的和他們的弟兄也像他們被殺，滿足了數目……」程景白喃喃自語。「媽的，還真的是抄襲。」

「組長……我覺得兇手是基督徒或至少非常熟悉啟示錄的典故。」

「怎麼說？」

「第一個，之前我們不是說玉神蓮仙宗四鬼象徵的東西跟死者搭不上邊？像林志忠跟白鬼象徵的疾病完全沒關聯，但如果改成白騎士的瘟疫呢？邪教的確就像瘟疫一樣一人傳一人。韓長利跟飢荒也算，聽他太太講也賺了不少錢，可能是指他的政策……。劉豐司跟死亡……，如果他真的出假報告，那就害死很多人。所以用啟示錄來解釋死亡現場會更合理。還有你看最後一名騎士，是灰色的對吧？經文也是寫灰色，電影也都拍灰色，事實上應該要是綠色。」

「哦？」

「因為英文聖經是從希臘或拉丁文翻譯來的，他們用的字是綠色，引申成動物將死的顏色，英文沒這種字，所以就翻成Pale，也就是死白色，中文翻成灰色。」

「你是說窗戶的顏色？」

「對，劉豐司房間的窗戶是綠色的，所以雖然用了玉神蓮仙宗的符號，但儀式實際上是完全依照原版的啟示錄執行的。」

「所以龔月霞基本上沒問題。」

「嗯……除非她為了避嫌才故意這樣操作，但我覺得機率不高。這個只證明主謀很執著，如果是為了利益根本沒必要這樣佈置，我覺得只可能是仇殺。」

「趙晶或周森青？」

「對，只有這兩個人才有動機去弄這種儀式。只是周森青……我現在越看越覺得不可能是他，最多就是幫兇，不太可能是主謀，而且他真的有阿茲海默症，七個月前就診的時候就是中晚期了。」

「哦？你有去調查？」

「嗯……對，有打電話問。組長，還有一點，如果是這種執著的人，那肯定還有第五、六、七印。」

「媽的四印，四個騎士，死四個人，蔡怡君如果是第五印，那不就還會死兩個人？」

「很難講……我開始覺得玻璃的圖案、房間的肖像都有意義，還有那個沒有臉的嬰兒，但是……」

「等等，先去看看蔡怡君。」

他們倆再次走向屍體，這次袁俊孝的鼻子幾乎已經麻痺了。

「這狀況很難確定時間，我估死亡快兩天了，大概四十到四十八小時之間，但實在難說。」法醫說。

「所以是……」袁俊孝翻動自己的筆記本。「聚會當晚凌晨十二點到早上八點之間。」

「可以再壓縮嗎？」程景白問。

「要解剖了，但很難。你看這些布料。」法醫用筆在蔡怡君的上衣比劃。「血太少了，一看就知道在水裡中槍的，這種從頭泡到尾的……」法醫搖頭。

「所以她是在逃亡？」

「有可能。」法醫聳肩。

「三槍？」袁俊孝指著那三個大傷口。

「不。」法醫比出四根手指。「有一發沒射穿。我猜是最後一槍，距離大概二十到三十公尺至少。如果是用手槍的話，彈匣打空了中四發，算高手。」

「等等，子彈是九毫米嗎？」袁俊孝問。

「裡面那顆回去挖出來就能確定，如果你要我先估……差不多差不多。」法醫瞇眼，手指在空中比劃。

袁俊孝與程景白對視一眼，同時想到同一件事情。

「媽的，是打四發中四發。」程景白咬牙。

「如果是這樣……那趙慶二房間裡的貝瑞塔是王敬的，那把玩具槍才是趙慶二拿來嚇李宛玉的。」

「特戰退伍的要打四中四應該不難，載老大來這種地方不太可能不帶槍，八成是早上趁亂掉包了。他跟倪軍啟都是被警方列管的人，知道自己會直接被搜身。」

「可是為什麼他寧願把槍丟給警方，也不要用其他方法藏起來？」

「他……一定有理由當天就要走，還不能出差錯。他知道如果出現一把無主的槍第一個會懷疑他。」

「他沒有回去找倪彤雲，那應該就是去找趙晶，可是為什麼不要動手之後直接離開？」

「因為……他得待到早上載他老大。媽的，他根本不知道倪軍啟要被殺！」

「所以趙晶沒對他坦白，他可能是要去找她問個清楚。可是……還是不能解釋為什麼王敬要殺蔡怡君，還有地點……為什麼在這裡？死亡時間是凌晨十二點到早上八點之間的話……」袁俊孝抓著鬍渣。

「絕對不可能晚於六點，那時候高志穎已經起來準備早餐了。」

「所以是十二點到五、六點之間。閻良是凌晨四點多的時候看到吳佳志開車出來，搞不好還載著蔡怡君。他們到這邊來，王敬因為某些原因追上來，殺了他們再回去……嘖，這不可能啊……難道回程的時候不怕被高志穎看到？」

「不管怎樣如果趙晶是主謀，可以確定她沒有跟王敬說她要殺這麼多人，至少沒說要殺倪軍啟。趙晶可能只要他殺其中一個，結果被吳佳志和蔡怡君看到，所以殺他們滅口。」

「如果是這樣，那那這樣附近應該還有吳佳志的屍體跟車……」

「等一下等一下。」程景白彈著手指頭。「彈道分析什麼時候好？」

「快的話，明天中午前。」鑑識人員說。

「等分析再說，搞不好這四發根本不是從那把貝瑞塔射出來的，別忘了倪軍啟的克拉克也是用九毫米的子彈。」

袁俊孝愣了一下，顯然完全忘了這點。

程景白掏出手機。「我是程組長，跟局裡調人，派出所有人也叫來，我要徹夜搜這裡。」

海風吹得袁俊孝的頭有點暈，海浪不斷拍打岸邊，他一想到屍體在這片海上漂了快兩天就不禁感到頭皮發麻。

「組長，明天就得放人了對吧？我想回局裡找周森青和蔡怡君她媽談談。」

「案子太大，我不可能放人。」程景白看了手錶。「十二點多了，你今晚先休息吧。」

袁俊孝點頭，又蹲下仔細觀察蔡怡君的屍體。剛進這一行的時候，前輩總說你要仔細看屍體的眼睛，他會跟你說話，但蔡怡君那殘破的濁白眼珠只是空洞地盯著黑夜，佈滿被魚啃食的凹洞。

袁俊孝一句話也聽不到。

＊＊＊

就算人在湖邊，閻良還是聞得到海水特有的腥臭味。他努力不去想眼前這座湖曾經死過上百人，而是拿手機照亮前方繼續沿湖岸走。地面非常潮濕，到處都是長滿青苔的石頭。他已經走十幾分鐘了，那股腥臭味越來越強。他忍不住用外套遮住鼻子，有棵兩人環抱的樹倒在前方，很大一部分沉在水底。他大吸一口氣，一手撐住跳上去。

「哼……」

眼前所見就跟閻良想的一樣，許多小魚翻白肚浮在水面上，濃濃的腥味跟腐肉味撲鼻而來。他拿手機照一會兒，再過去湖岸變成近乎垂直的小坡了，完全沒有踏腳之處。他嘆口氣，將手機放進胸口的口袋，然後跳進水裡，他知道這種味道要跟著他好幾天了。站穩之後，他涉水繼續往前走。水越來越深，已經到了大腿附近，死魚則在他腿邊飄動，腐肉味濃得他難以呼吸。

總算前方的湖岸稍微平坦一些，他用力踢動水下的爛泥，兩三步跳上去。他鞋底黏了一層爛泥，一踩上岸邊就差點滑倒，若不是及時抓住岸邊的樹枝早就跌進水裡了。

他喘好一陣子才緩過氣來，抓住樹枝往上爬。越過那個小坡後，他往下看去，下面居然一片平坦。雖然手機的燈光照不到邊緣，但閻良用看得出這片空地不會太大，顯然是人工整理出來的，頗為隱密。

他走到空地邊緣，那裡有條像是牆一樣的低矮水泥建物，大概只到他的大腿高，一路延伸到湖水裡面，上面還有五個灌溉用大型水閥。他走近觀察，發現有一艘小船沉在牆邊，船底部有個大洞。他掏出手機四處拍照，閃光燈效果不是很理想，拍出來都很模糊。

突然水裡有個東西閃爍了一下，閻良立刻調整手機的角度，那東西又跟著反光，他將那東西撈起來，是一條玉神蓮仙宗的項鍊。他看著項鍊皺眉，然後塞進口袋裡，接著他像是馬拉松跑者抵達終點一樣大力呼出一口氣，跳上水泥牆盤腿坐下。他看了看要走回去的路不禁歎氣，他踢掉鞋子伸個大懶腰，拿出手機仔細閱讀袁俊孝的筆記，一聲不響。

筆記很多，在黑暗中看得他眼睛很痛不斷流出淚來。他看到別墅的器材許可時，有個細項不禁讓他瞇起雙眼。

「隧道鑽掘……」閻良冷笑。

他翻到下一頁，他的名子赫然出現在上面。

閻良

兩個禮拜前接到包車兩天的電話，兩名乘客，來電為未知號碼無法追蹤

晚上約十點時前往市區，理由不願說明（有鬼）

回程的行車紀錄器有拍攝到吳佳志（？）開車離開的畫面，但畫面模糊。

便利商店監視器有拍攝到他買咖啡的畫面，確定有不在場證明

回程的時候宣稱在空中看到四道光（？）

無動機

閻良看著筆記搖頭，但一想到自己也絕非清白後只能苦笑。他閉上眼睛消化剛剛得到的訊息，然後撥了通電話。

「說。」倪彤雲的聲音自話筒中傳出。

閻良講了所有得到的資料，但周森青的部分僅是簡單帶過。

「所以你覺得是王敬跟趙晶？」

「如果她爸的死有問題，那趙晶就一定有動機。她知道趙慶二有喝石榴汁的習慣也合理，蔡怡君應該只是看到他們行兇才被殺。」

「蔡怡君沒理由半夜出去吧？」

「訊息，她絕對有收到教友傳來說聖光顯靈之類的訊息。我也有收到，凌晨三點多就傳來了，他八成是爬起來看。」

「我爸怎樣都不可能把自己搞成這樣，趙晶一定用什麼東西……」

「毒品？現場有K他命、嗎啡……」

「毒品不可能讓人自殘成這樣。」

「我會繼續查。」

「等等，你說……你要下手的對象是周森青吧？」

「嗯……」閻良眉頭皺起。

「他也有動機不是？」

「對，但他有阿茲海默症，而且他沒必要等上個二十年才報仇吧？」

「你怎麼知道他有錢？」

「我……布局很久了，他一定有錢。」閻良腦海裡閃過那個旅行袋。

「你怎麼知道他不是殺了人再裝瘋？」

「我會繼續查。」

「你沒隱瞞什麼吧？」

「沒有。」閻良呼吸急促起來。

「我怎樣都找得到你，記住。」

倪彤雲掛掉電話，閻良又坐在黑暗中一會兒，接著他跳下矮牆往原路走回去，死魚的腐臭味再次變濃。他拿手機照明，發現水面變花了，四處激起細小的漣漪。他的鼻子涼涼的，耳朵也是，接著是密集的雨聲。閻良看了湖面一會兒，心裡下了個決定，他加快腳步往車子前進，似乎就連風也在推著他。

＊＊＊

「去他媽的。」一名年輕人咬著土司夾蛋走進房間裡，手上的塑膠袋還有一杯奶茶。

「幹嘛？」

「幹，雨下這麼大，前面都是腳印。」年輕人挑出自己的考勤卡塞進打卡機裡。

「爽，慢慢清吧。」另一人穿上外套，也把自己的卡塞進機器裡。

「經理沒叫你先清哦？」年輕人把吐司夾蛋通通塞進嘴裡。

「清屁哦，昨天那個大姊又翹班，經理叫我幫忙清八樓，我哪有空掃？大夜班清房間欸，他媽的不爽我就直接躺在床上睡一小時，哈。」

「幹，她又翹班？那我不就＊＊＊」

有人敲門，一個梳著油頭穿西裝的男人探頭看他們。

「你前面拖—拖去清六七樓，今天有人要提早入住，十一點前要弄好。」

「經理？我……」年輕人還在想怎麼推托，那位經理就消失了。

「加油，先下班了。」

「媽的一堆爛攤子，以後我要搶大夜班，幹。」年輕人把奶茶一口氣喝光，然後大力吐出一口氣像是乾杯一樣。

「掃完再搶吧。」

年輕人套上服務生的制服，嘴裡念念有詞。當初聽人家說這間汽車旅館雖然有夠偏僻，但是可以看到一堆走光的女人，運氣好還撿得到屍體。結果來這裡打工三個月一個屁也沒看到，還因為睡太晚趕上班被開了兩張超速罰單。

「幹！」

年輕人用力戳著拖把，好像當初推薦他來的朋友的頭在水桶裡一樣。現在才早上八點多，門口通常沒什麼人，所以他直接把水桶踢到門口。雨還是很大，不時還打個雷。他早餐好像吃太快了，肚子一直翻攪，他趁經理不在兩三下隨便拖完，然後從庫房找幾個紙板鋪上去，鋪完他看門外已經變成小河的路面，對老天拜託如果要淹水千萬要等他下班後再淹。

「你幹嘛？」

經理的聲音自後方傳來，年輕人隨意敷衍後拎起水桶跑走。

「六、七樓啊，要快！」

經理的聲音在走廊上迴盪，年輕人翻白眼走進工具室，隨便找個地方塞進拖把水桶，然後把清潔車往外推，心裡想著要不要找間沒有「作生意」的房間睡上半小時，不然他的肚子實在不舒服。經理的皮鞋叩叩聲又在某處響起，他趕緊推車跑到櫃台拿起一個資料夾，然後在電梯前面死命按標示已經脫落的按鍵。

六樓門打開時不同品牌混合的香水味立刻竄入年輕人的鼻子中，跟他朋友說的不一樣，走廊上沒有一堆穿著迷你裙的小姐，只有顏色怪異的地毯和垃圾，運氣不好還有嘔吐物。一開始要支援清房的時候他還有點興奮，覺得打開房間門會看到什麼似的，還會特別去打聽哪間的人比較漂亮。但當他發現不只女人會穿丁字褲後，整個房間對他來說就是間打上彩光燈的大型廁所，裝的只有屎跟尿，而他只想戴手套閉氣快快刷完快快走。他翻翻資料夾，尋找離他最近的房間。

「他媽的……誇張咧。」

離他最近的房間昨天中午就退房了，拖上快一天都沒人清，他搖頭推車往那房間走去。門把上還掛著請勿打擾的牌子，他把牌子扯下來丟進車子裡，然後轉開門把。

「嗯？」

門鎖上了，他掏出自己的萬用卡。嗶一聲打開門，一種詭異的味道立刻撲向他，濃烈之程度他幾乎可以「喝」到這種令人作嘔的味道。他感到肚子一陣翻攪，腦袋緩過來後他有預感這間的人肯定玩很大。

「去他媽的……」

年輕人一手推開門，另一手把車子往內推。突然他想到朋友跟他說過打工可能會遇到的另一件事情，這讓他肚子翻攪更厲害了。正想著自己應該沒這麼衰才對時，車子總算是進到房間裡，他一抬頭，瞬間就把今早吃得土司夾蛋混著奶茶通通吐到地毯上。

＊＊＊

周森青坐在角落，手上的筆唰唰地在素描本上來游移，袁俊孝就坐在拘留室外面看著他。

「周先生，我知道你完全有理由對那些人下手，但我昨天拜訪過死者的家屬，他們有妻子有孫子，就算他們真的有罪，你也應該要讓法律制裁他們，而不是自己動手。」

周森青沒有回應。

「我不覺得你是兇手，至少不是主謀。你跟我說，你去忘見湖究竟是為了什麼，趙晶為什麼邀請你參加宴會？」

沉悶的雷聲從窗戶外傳來，外頭雨下得非常大，窗戶被雨水擊得劈啪作響。雷聲讓周森青抬頭東張西望，最後目光停留在袁俊孝身上。

「你是別墅的建築師對吧？」

「建築師？我是建築師啊……」

「那忘見湖那棟別墅是你設計的嗎？」

「忘見湖……」周森青點頭。

袁俊孝打開拘留室的門，在老人旁邊蹲下，拿起被當作證物的素描本。

「是你設計了這些落地窗，籠子和椅子，對嗎？」袁俊孝指著素描本。

「對……我。」周森青歪頭看素描本，好像那不是他畫的一樣。

「你沒有親自動手，對不對？」

「他們死了？」

「對，都死了。」

「我還沒有……沒有才對啊……」

「趙晶是不是找過你？」

「趙晶？有，後來是她……」

「她找你談什麼東西？」

拘留室內白光一閃，外頭又打了一道雷。周森青將他畫到一半的素描本甩開，用力抓住自己的頭、雙眼緊閉似乎非常痛苦、嘴裡不斷發出呻吟聲。袁俊孝看著這名飽經風霜的老人，心裡有點不忍。

他拿起被老人甩開的素描本，心裡不禁讚嘆。再平凡不過的紙筆在他手中居然成了一幅畫，畫面中右側顯然是忘見湖，雖然沒有顏色，但不同深度的灰色聚集在一起竟有種波浪起伏的感覺。左側是一棟漂亮的三樓建築，而畫面中間有三個人。站在旁邊的男人顯然就是周森青，那種斯文靦腆的笑容和他老舊的證件照片一模一樣，但袁俊孝從未在眼前這名老人的臉上看過。左側還有一名女人，應該就是他太太，但臉的輪廓只是幾筆橫豎帶過，顯然還未畫完。而站在兩人中間的是一名美麗的少女，與別墅的肖像非常相像，都有著精緻的五官與長長黑髮。

「周先生，這是你女兒對不對？」袁俊孝指著素描本上的少女。

周森青皺眉看素描本，過了一會兒他像是終於記起來一樣「啊」地一聲，爬過去將筆撿起來，然後輕輕地替那名少女畫上眉毛，每一筆都極輕、極慎重，害得袁俊孝捧著素描本動都不敢動。最後周森青往後一攤，看著圖畫笑了。

「周先生，別墅裡面的那些畫也是你畫的對不對？沒有臉的嬰兒是什麼意思？」

「啊……啊！啊……」

周森青再次抱頭呻吟，袁俊孝看著他嘆氣。有人敲了拘留室的欄杆，袁俊孝抬頭。

「有麻煩了，帶他上去。」程景白說。

周森青一聽到程景白的聲音立刻跳起來，死死瞪著程景白。「爛警察！沒有用的警察！」

「組長，怎麼了？」

「閻良在門口說他能證明他不是兇手，要我們放人。」程景白指著周森青。

袁俊孝嘆氣，一名警察走進來扶起周森青，袁俊孝嘖跟著程景白先往門口走。

「問得怎樣？」程景白問。

「別墅確定是他設計的了，窗戶、金屬籠、椅子那些也是。他說趙晶找過他，但幹什麼還沒問出來。海邊有消息了嗎？」

程景白搖頭。「找不到，王敬跟趙晶也是。」

「如果倪彤雲比我們快找到他們就麻煩了。」

「嗯。閻良……你怎麼看？」

「我真的想不出來他要幹嘛，他跟周森青應該完全沒有關聯才對。」

「有沒有可能是為了錢？」

「錢嗎……」

兩人走進訪客室，閻良果然就站在裡面，手上拿著一個薄薄的資料夾。他沒有理會袁俊孝，只是看凝視程景白。

「羈押只能二十四小時吧？」閻良說。

「你要幹嘛？」程景白雙手抱胸。

「二十四小時過後法官如果沒有裁定收押，你們就要放人對吧？」

「說你要幹嘛。」

「放了周森青。」

「你到底為什麼要這樣亂？」袁俊孝向前一步。

「法官沒有裁定收押吧？如果不放人，我就找媒體來。」

「如果他有罪呢？如果他有參與犯案呢？你要警察放走一個兇手？」袁俊孝再向前一步。

「他不是兇手。」

「我有證據他有參與犯案。」

「他只是一個得了阿茲海默症的老人！要不要我順便把他的病歷給媒體？」閻良打開那份資料夾。

「你說他不是兇手，你有什麼證據？」程景白問。

「我沒有證據，但我知道誰殺了蔡怡君。」

「誰？」

「王敬。」

「說。」程景白瞇眼。

「高志穎說他半夜聽到奇怪的雷聲，對吧？那是槍聲，王敬在湖邊附近開槍殺死蔡怡君，高志穎房間最靠近湖所以他聽得到。」

「嗯，所以蔡怡君半夜突然起來給王敬殺，王敬剛好也想殺她？」

「我凌晨三點多就收到玉神蓮仙宗教友傳來的訊息。」閻良掏出手機。「蔡怡君一定也有收到，他出去是為了要看那四道光，結果遇到王敬，王敬只能殺了她，那把貝瑞塔十槍開了四槍，對吧？」

「你怎麼知道……」袁俊孝握拳走向前。

「讓他說。」程景白抓住屬下的肩膀。

「那把是王敬的槍，是吧？前天早上我只跟他一起檢查趙慶二和倪軍啟的屍體，其他的時間他獨自行動，我最後看到是他從趙慶二房間走出來，他絕對就是那時候把槍掉包了。」

「那他為什麼不要半夜就把槍丟掉？要等到早上冒著被你看到的風險，把槍丟給警察當證物？」程景白問。

「因為不會有風險，本來他要殺的趙慶二照計畫不是被驗出心肌梗塞，就是卡維地洛過量，更不用說他七十幾歲還一晚跟三個女人上床。」

「好，所以王敬開四槍殺死蔡怡君，然後開車到海邊棄屍，還慢慢把車子全部擦乾淨？」

「王敬沒有棄屍，蔡怡君不往樹林跑的原因是湖邊有船，她逃上去後王敬不得已才開槍。船最後翻了，蔡怡君死在水裡然後飄到海邊。」

「屁話。」

闊良沒有回應，只是掏出手機打開昨天在湖邊拍的照片，雖然模糊但還是看得到矮牆跟上面的水閥。

「忘見湖跟海被打通了，這就是為什麼忘見湖水位變這麼高，也是為什麼湖邊跟海邊都有死魚，那些是被鹹死的淡水魚。懂吧？海退潮之後湖水往海流，蔡怡君的屍體也飄過去了，只要水流過去海邊就會有漩渦，你去問當地人就知道。」

「都屁話，蔡怡君這麼剛好知道哪裡有船？」程景白冷笑。

闊良打開另一張照片，那是一個翻覆的船、底部還有破洞，他再從口袋裡面拿出一串玉神蓮仙宗的項鍊。

「我在船上面找到的。還有，如果是屁話，那為什麼建一棟房子要用到隧道鑽掘機？」

「你是不是給我……」袁俊孝衝上前抓住闊良的領子。

闊良沒有反抗，只是看著程景白。程景白沒有閃躲他的視線，兩人就這樣互瞪好幾秒。

「放人，不然我現在打電話給媒體。」闊良說。

程景白將袁俊孝拉開。

「組長？」

程景白沒有回答他，而是拿起會客室的電話低聲說了幾句話。

「我放人，你給我閉嘴。」

闊良沒有說話，只是看著程景白，最後程景白打開會客室的門。

「你有一些不該拿到的資料對吧？我會查。」程景白說。

閻良直接離開訪客室，而袁俊孝則是不可置信地看著程景白。

「組長，現在如果放人，會不會下一個死的就是周森青？他都承認設計謀殺工具了，我們不能合法留住人嗎？」

「留得住，可是這案子媒體那邊不能出錯，我叫人盯著他們就好，現在重點是趙晶跟王敬。」

程景白輕拍袁俊孝的肩膀，袁俊孝似乎還想說什麼話，但最後還是吞下去。

「我會跟其他縣市調人，你一樣要跑忘見湖的正心會所？」

「對，我想查一下蔡怡君半年前得到天命是什麼回事，這案子……太多半年前了。」

「帶兩個人跟你去吧，別忘了前天晚上那些瘋子。」

「不用，人都派去找王敬跟趙晶比較好，我很快就回來。」

「你小心，我會派人去找閻良說的那個隧道。」

程景白點頭走出訪客室，外面有一名警察抓住周森青，而閻良正在跟他爭論什麼。程景白彈彈手指頭，然後對警察點頭。那名警察立刻鬆開手又說了幾句話，但周森青只是用茫然的眼神看他。閻良輕拍老人的肩膀，帶他往外走，轉頭的瞬間他與程景白對上眼，他立刻移開視線，同時努力忽略程景白身後的袁俊孝。

警局外雨非常大，周森青似乎頗為害怕，緊緊將那兩本素描本抱在胸口。閻良從桶子裡抽出一把傘，撐在老人頭上。

「周先生，我送你回家。」

「你……」

「我是開＊＊＊」

「你是……兒子？」

「嗯……對、對，我帶你回家。」

雷光一閃，整個街道瞬間變成白色的，周森青哀號一聲壓低身體像是在躲避什麼，閻良握住老人枯枝般的手腕往車子前進。他幾乎沒撐到傘，好不容易進到車子後幾乎快濕透了，所幸周森青沒淋到什麼雨。閻良發動汽車，緩緩駛上道路，心裡不斷思考要怎麼開口。

過一會兒他看後視鏡，發現周森青已經閉上眼睛睡著了，不知道為什麼，他有種鬆口氣的感覺。看著被雨水打成白花花一片的擋風玻璃和在上面快速來回的雨刷，他突然不知道該往哪邊去。後方突然響起喇叭聲，抬頭才發現已經綠燈了，他趕緊踩下油門。

心裡亂糟糟的，他不知道他這樣做會不會害到袁俊孝，但早上他又收到醫生傳來的訊息，已經沒有時間了。他在路上隨意亂開，怎樣也拿不定主意。他又透過後視鏡看縮成一團的周森青，想到他跟自己一樣孤身一人，他真的不願意欺騙他。失去一切的感覺很痛苦，而他花了二十幾年學會如何這樣活著。

「啊、啊……」

周森青不知何時醒來了，他伸手對閻良比劃，像是在空中寫字一樣。

「嗯？你要筆是不是？你要畫圖？」

他突然想到如果自己父親還活著，大概就是像周森青那個年紀吧。闇良苦笑，趁等紅燈的空檔在手套箱裡摸索，總算找出一支原子筆遞給後座的老人。周森青像是看到寶一樣接過來，然後拿起其中一本素描本在上面畫起來。闇良瞄了一眼，又是那四扇窗戶

「阿伯，我記得三樓有五扇窗戶啊，你怎麼都只畫四扇？」

周森青突然抬頭與闇良四目交接，窗戶外又閃過一道雷光，轟鳴聲過一會兒才傳來，但闇良卻聽不到。

「因為我只打算殺四個人。」周森青的口氣簡直就像討論天氣一樣自然。

闇良無法理解他聽到的話，大腦瞬間停止運轉。他慢慢把頭轉回前方，眼睛不斷眨動，他看看左右後視鏡，好險都沒車子。他慢慢鬆開剎車，這時腦袋才開始理解周森青說的那句話，他轉頭看周森青卻連一個字也說不出來。

前方突然爆出強光，闇良一轉頭，一台車就迎面撞上來。車子沒有氣簾，闇良的頭狠狠撞上B柱。他幾乎暈過去。撞上他的那台車走下三、四個人，其中一人把他扯出車外，雨不斷落在他的臉上。他感到自己被拖著走，他用盡最後力氣轉頭，正好看見那些人拉開門讓周森青下車。大腦再次停止運轉，闇良眼前只有一片黑。

＊＊＊

正心會所大概就是模仿基督教的教堂吧，袁俊孝心想。十字架換成玉神的雕像，長椅變成蒲團。而忘見湖的正心會所其實是廢校的國小禮堂，顯然透過某種關係而沒被拆掉。袁俊孝身穿牛仔褲和連帽T恤才剛走進去，立刻就有兩名中年婦女迎上來對他噓寒問暖，就差叫他一聲兒子了。

「玉神蓮仙宗、淨心、淨業、淨罪惡……」

信徒們低沉的朗誦聲音讓袁俊孝全身發麻，禮堂牆壁上掛著大片的黃色絲布，上面繡滿玉神蓮仙宗的七鐘湮滅經文與符號，不少人跪在蒲團上聽台上法師說話。

「……所以玉神是唯一真神，證據就是我們的犧牲、修行、奉獻都是為了不信者，也就是你。」婦人睜著大眼睛直直看著袁俊孝。「我們每天熬夜念經、修行、奉獻我們的收入都是為了迴向給你還有你的家庭每一個成員。」

「對，我們不像其他宗教那樣完全否定其他信仰，事實上，就連他們的神也是我們迴向的對象。」另一名婦女附和。

「其他宗教的神？」袁俊孝皺眉。

「你一定覺得疑惑，沒關係。」婦人滿足地微笑，伸手撫摸袁俊孝的手背。「我們不只拯救你和你的家人，就連其他宗教的神我們也要拯救。你要知道，只要是人的意念聚集所在，那就是一個意識、一個生命，是有力量的。」

「對，那也是我們拯救萬世的力量來源。」另一名婦人做了個複雜的手勢，彷彿在施展咒語。

「所以就算其他的神是虛假的，那也是個弱小的意識，而玉神教導我們必須一視同仁，所以我們每天這樣奉獻自己的生命與收入，也是為了拯救那些神明，否則七鐘一旦敲響，你們都會死，說什麼我們也不忍心看到你們就這樣死去。」

婦人落下一滴淚，另一名趕緊掏出一張衛生紙遞給她。不知道為什麼袁俊孝也有一種想哭的感覺，他嚇得大力咳嗽一聲。

「其實你們說得這些我有聽我阿姨說過了。」

「哦，你阿姨是？」

「怡君阿姨，她姓蔡。」

「怡君啊，她非常非常有慧根，她也奉獻非常多。」

「但當初她跟我說的時候，我都不相信，可是這次聖光的新聞，實在太……」袁俊孝摸著胸口。

「我知道，那是仙宗的大奇蹟。」婦人又伸手緊緊握住袁俊孝的手。

「我阿姨說她跟他朋友在這裡得到自己的天命，如果我想了解更多，可以來找她，只是我忘記他的名子了……」

「你說她吧？」婦人指著牆上的照片。「她們都是一起來修行迴向的，也一起得到自己的天命，我們人都有屬於自己的天命。」

「不過她有一陣子沒來了哦，都是怡君自己來。」另一名婦人說。

袁俊孝點頭，走到牆邊仔細看照片。那是張活動照片，一夥人手舉紅色布條合照，大概有二、三十人。蔡怡君就站在最角落和另外兩個人一起拿著布條，一男一女。袁俊孝總覺得那個男人有點眼熟，他伸手抹掉照片上的灰塵，眼睛立刻睜大。周森青就站在她旁邊，咧嘴對著鏡頭大笑。手機突然響了，袁俊孝身體倏地一震。

「組長？」

「找到王敬跟趙晶了，我傳地址給你，盡快到，法醫已經在路上了。」

「法、法醫？」

「兩個人都死了。」

「我、我立刻到。」

程景白掛掉電話，袁俊孝慢慢回頭看那兩名婦人。她們兩人沒有說話，臉上始終掛著燦爛的微笑，但雙眼卻像是肉食動物一樣緊緊盯著他，窗外的雷光不時將她們的五官閃成一片慘白。袁俊孝全身猛起雞皮疙瘩，他拿手機拍下那張照片，然後直接跑出這棟待拆的禮堂。

＊＊＊

組長給他的地址不在T市裡，袁俊孝打開警笛飆上高速公路，路上他打電話給程景白但卻一直打不通。雨勢依舊猛烈，他油門不曾放鬆過。開了許久導航總算指示他下交流道，接著他彎進一條不算大的路，最後才發現那是一間汽車旅館，位置偏僻的要命。門口停了四台閃燈的警車，一名警察正撐傘從門口走出來，顯然等待多時。

「你是T市的袁隊長？」警察問。

「我是，什麼狀況？」

「兩個屍體，一男一女，大概三十幾歲，狀況很慘。」警察邊走邊說。

櫃檯前方的地板滿滿都是泥腳印，鋪在上面的紙板早被踩爛了。警察帶袁俊孝搭電梯，六樓一打開他就聞到那種菸與香水混合的氣味。地板鋪著噁心的深紫色地毯，燈管顯然出問題了，整條走廊顯得昏暗無比。

前方某個房間門是開的，門旁站著兩名男人，一名看起來像是學生，另一個則明顯是旅館的主管。不知何時這令人作嘔的空氣多了股銹鐵味，越靠近房間越濃。帶路的警察跟門口的人打招呼，然後對袁俊孝指著房間。

趙晶的屍體就躺在床上，床後的牆上被人用紅色噴漆噴上一個鐘的形狀，而另一個男人的屍體則側身倒在地上。裝潢就是很普通的汽車旅館，但紫紅色的氣氛燈加上這兩具屍體，令整個空間給人迷幻的感覺。

趙晶的白色襯衫被隨意地丟在地上，上身只剩胸罩，雪白色的乳房中央有個約兩公分長的傷口，血從那邊蔓延而下，整個腹部與附近的床單都被染成暗紅色。但更令人怵目驚心的是她腰部，那裡被開了一道大口子，附近有一顆暗紅色的肉塊，顯然是她的腎臟。

不出袁俊孝所料，趙晶的牙齒和手腳指甲全被拔下來，集中放在床頭櫃上，旁邊放著一個鉗子。袁俊孝看一眼那名男人就認出他是王敬，長髮散亂在地，雙眼圓睜，乍看之下彷彿還活著，但他太陽穴附近的巨大傷口否決掉這個可能，他手邊有一把槍，而法醫正蹲在那邊檢查王敬的屍體。程景白就站在床旁邊抱胸觀察房間。袁俊孝打開正心會所那張合照遞給他，程景白的臉立刻變了，他們走到房間牆邊低頭說話。

「組長，還記得蔡怡君半年前的天命嗎？應該就是周森青搞的，現在趙晶跟王敬都死了，只剩他……」

「媽的這老狐狸……」程景白拿出手機但似乎無法撥出電話。「我去外面。」

袁俊孝點頭，走到當地警察旁邊。

「那個剛來的時候就在那邊了。」當地警察手指著槍。「沒人動過。」

「死因大概怎樣？」袁俊孝問。

「女的外傷失血過多致死，男的就是……這樣，看角度很像是行兇後飲彈自殺。屍斑生成跟屍體位置都吻合，所以這裡是第一現場。兩個人屍體都差不多開始軟了，死亡時間大概二十八到三十小時前，兇刀在這裡。」

鑑識人員帶著手套，小心翼翼地將角落的棉被掀起，裡頭有一把沾滿血的刀。

「趙晶被拔掉牙齒指甲的時候，活著還是死的？」

「人死了才動手的。」鑑識人員指著趙晶胸口的刀傷。「你看血都是從那邊出來，腎臟那邊沒流多少，表示切的時候血都凝固了，所以是死後至少十到十五分鐘才動手。」

「所以男的一刀殺死女的，然後拔掉她的牙齒、指甲跟腎臟，最後開槍自殺？」

「有這可能。」法醫聳肩「槍傷的角度，槍落地的位置都差不多，血跡噴濺看起來也是，回去我會出報告。」

「拔掉他牙齒跟指甲的工具是那鉗子嗎？」

「看起來就是，回去比對就可以確定。」

「有第三人的跡象嗎？」

「還沒看到。」

「知道用什麼噴漆了嗎？」

「下面。」

鑑識人員蹲下來用手電筒照亮床底，裡頭有個常見的噴漆罐，然後他轉過來拿筆指王敬的手指頭，上面紅紅的沾了一些漆。

「有找到他們的手機嗎？」袁俊孝問。

「都沒有。」

「誰報案的？」

警察指門口的年輕人。袁俊孝走過去，那名年輕人顯然是嚇到了，嘴巴還在微微發抖。

「你怎麼會發現屍體？」袁俊孝問。

「我、我幫人代掃，第一間就、就這樣了……」
「幾點？」袁俊孝問。
「應該……快、快九點吧。」
「訂房的人是男的還女的？」
「女的訂的，前天早上十一點多」那名穿著西裝的男人說。
「住幾天？」
「一天。」
「那怎麼可能這麼晚才發現？正常幾點退房？」程景白走過來。
「啊、啊就掃地大姊漏清嘛……」年輕人像是嚇到了，身體震一下。
「抱歉，是我們的疏失，清潔人員沒來看，櫃台也漏檢查。」主管說。
「監視器有看了嗎？」程景白問當地警察。
「走廊的都壞光了，門口才有。」警察說。
「哪邊可以看？」
「這裡。」主管帶他們往一樓前進。
袁俊孝用疑問的目光看程景白。
「追丟了，不過攝影機有拍到閻良的車，人我都調去追了。」
袁俊孝點頭，低頭想了一會兒。「組長，你有看到那個噴漆嗎？」

程景白指了指當地警察與旅館人員，然後搖搖頭。袁俊孝明白他的意思，於是不再說話。他們搭電梯到一樓，主管打開櫃台後面的機房，裡頭滿是菸味，速食包裝盒疊得到處都是，監視器螢幕就在無數飲料罐中發光，畫面上是監視器的分割畫面，但許多格子全是雪花雜訊。

「把趙晶到的畫面弄出來。」程景白說。

飯店主管推年輕人一把，他不情願地坐下，弄上老半天總算叫出大門的畫面。角度是由上而下拍攝的，畫面還被旁邊的招牌燈給亮花了一部分，畫面開始快轉到前天早上。

「這個。」程景白手敲著螢幕。

快轉畫面上迅速閃過一個黃色影子，年輕人將速度調為正常然後倒轉。一台計程車慢慢開到門口，一名女人打開車門，似乎在懼怕什麼，東張西望地看著四周，然後才走進汽車旅館。

「坐計程車？」袁俊孝皺眉。

程景白又敲螢幕。「這個鏡頭放大。」

畫面轉到大廳電梯前的攝影機，雖然畫質不好，但已經可以看見女人的短髮與衣服，確定就是趙晶。

「這個攝影機，快轉晚上十點。」

晚上出入的人果然變多，男人有年輕也有老的，但女人清一色看起來都不超過三十歲。程景白把年輕人趕起來，操作電腦快轉四倍，然後坐下來。

「你們要先看？」當地警察問。

程景白點頭，繼續看螢幕沒有說話。

「這樣你先出來筆錄。」警察帶年輕人離去。

「組長，你在找王敬？」

「嗯，前天我們大概快晚上九點才放人，他到這邊差不多要十點多。」

「組長，那個噴漆跟行刑，看起來趙晶是第六印，可是……」

「你覺得還會死第七個人？」

「我不確定，但趙晶……」

螢幕上上人影快速閃動，畫質不是很好。

「這裡。」

程景白指著畫面上一個綁馬尾的男人，他放大電梯前的畫面。那名男人走向電梯，雖然他低頭拍不到臉，但那頭長髮跟身材一看就知道是王敬。

「十一點五十四分……」袁俊孝抓著鬍渣。「死亡間二十八到三十小前，所以是昨天凌晨一點到三點之間。時間差不多，可是王敬動機到底是什麼？他們應該是男女朋友才對啊。」

「可以確定不是幫倪軍啟報仇，是的話沒必要噴那個漆。媽的，可是他跟忘見湖一點關聯也沒有不是嗎？還有你剛說的，你覺得還會死第七個人？」

「對，可是樓上的噴漆……太簡陋了。嘖……還有，雖然還找不到原因，可是一到四印的死者都是自殘的，現場怎樣都沒有第二人的跡象。可是趙晶不是自殘的就算了，還是死後才被動手，還有趙晶沒有……」

「陰莖？」

「對，趙晶是女生，這樣自殘就少一項，如果是要破壞生殖器，那為什麼趙晶那部分沒有傷痕？再來，現場也沒有K他命或嗎啡之類的東西……」

突然兩人的手機同時響起，小小的房間內充斥手機鈴聲。

「媽的，這邊訊號是在搞什麼？」程景白接起電話。「說話。」

袁俊孝看一眼螢幕，是局裡的分機號碼，他走到櫃檯邊接起電話。

「怎麼了？」

「袁隊，這種案子平常不會找你，可是組長電話都打不通……」

「沒關係，你說。」

「今天我們一個早上接到一堆兒童失蹤案，我還以為是開玩笑，結果看資料才發現全都是五屍案的家屬報案的，他們現在人都在警局。」

「都先照流程跑。基本資料都拿到了嗎？有沒有共通點？」

「有，他們小孩通通都念同一間學校，前天戶外教學，預定今天中午回校，可是學校說根本沒辦戶外教學。問了才知道是他們補習班辦的，我有去那間補習班看過了，其中一個老師就是蔡怡君，半年前應徵上的。」

「嘖……」袁俊孝咬牙。

「局長還說……他要你們現在就趕回來。」

「我知道了。」

袁俊孝掛掉電話走回機房，程景白也剛好收起手機。

「媽的，自殘的理由就是他們家小孩。」程景白攤手。

「可是現場完全沒有小孩子的跡象，兇手怎麼＊＊＊」

「之後再談了，我趕回去就好，你顧這裡。」

袁俊孝沒有回應，而是直直盯著監視器螢幕。程景白感到疑惑，但他轉頭就理解了。監視器畫面上時間是凌晨一點多，有個女人站在電梯前面，她戴著墨鏡身穿黑色褲裝，頭髮盤的高高的。畫質很不好，但不知道為什麼，袁俊孝總覺得那副墨鏡下的眼珠正在轉動著，就像她看到他丈夫的屍體一樣。

＊＊＊

闇良用盡全身的力氣才睜開眼睛，但他什麼也看不到。他想伸手摸自己的眼皮看到底是不是睜開了，但手也動不了。他搖晃身體發現背後有個柱子，而自己的手腳都被綁在上面。他全身每個部分都在喊痛，他不願再與地心引力爭鬥，直接放癱身體任由繩索越綳越緊。

他注意到自己呼吸總是伴隨著奇怪的嘶嘶聲，彷彿哪邊破了洞，但他不以為意，實在太痛苦了。突然他注意到附近還有某種東西發出跟他類似的嘶嘶聲，只是更虛弱無力。

「喂……」閻良才吐出一個字，喉嚨就痛得要命。

黑暗中傳來虛弱的呻吟聲，而那聲音閻良簡直聽多了。

「媽的，你都給我裝瘋的是不是啊？」

「你誰啊……？」周森青說完又是一陣呻吟。

閻良搖頭嘆氣，不願再浪費力氣說話。他看著四周，發現左前方有一道門，微微透出光來。就在他思考該如何掙脫時，眼前突然變成一片白，整個空間刺眼得讓他眼睛像是被燒到一樣。門打開了，鉸鍊刺耳的嘎吱聲讓閻良的頭痛得幾乎要裂開來。

「不要吵，老闆到了你們就可以上路了。」

閻良感到有東西在捅著自己的肚子，接著他聞到一股腳臭味。媽的……，閻良在心裡咒罵。他用力抬頭想看清楚對方，但燈亮得他根本睜不開眼睛。

「聽到沒？」

那人踹得更用力了，如果閻良有吃東西現在絕對全吐到地上了。他想罵髒話但卻感到一股酸水湧上來，於是只好用力點頭。那人似乎走開了，閻良總算沒再被踹，接著他響亮的巴掌聲傳來。

「喂，阿伯，聽到沒有，不要吵，等等老闆來就要上路了。」

閻良聽到那人的冷笑聲，然後是他拖地的腳步聲，這股吵鬧最後以摔門聲作結，一切又回歸黑暗。

「靠，連你也被這樣搞……人到底是不是你殺得啊？」

除了快要斷氣的嘶嘶聲，他得不到任何回應。他放慢呼吸，否則肚子實在痛得要命。他努力回想起燈亮時所看到的房間，這裡沒有任何窗戶，牆壁上到處都是金屬管路，應該是個地下室。他用力扭手，確定沒有掙脫的可能性，他發現似乎只能等著那位老闆來了。可那老闆他媽的又是誰？閻良頭似乎又裂了開來。

＊＊＊

鑑識人員正在收編證物，而法醫站在屍體旁邊拿著工具測量，袁俊孝則是抱胸看著趙晶失去生命的眼珠不發一語。

所以兇手是綁架死者小孩來脅迫他們自殘……，那這樣兇手根本也不需要在場，只要事前布置好，然後帶他們進房間就好。有妓女和ＧＨＢ，管他籠子、鐐銬還是更誇張的東西，被害人都只覺得是情趣。周森青那張無助的臉浮現在袁俊孝腦海裡。

袁俊孝深深呼出一口氣。讓妓女念遊戲規則，然後提供工具讓他們自殘，你是為了自己女兒報仇，對吧？可是為什麼又要給他們活路？你沒想到他們只要睡一覺隔天就可以完好無缺的走出來嗎？

袁俊孝抓著鬍渣。可是一個得了老人痴呆的人有可能安排這種謀殺嗎？難道他是裝瘋？還有龔月霞，她來這裡目的是什麼？他查過監視器，她是在兩點多的時候離開汽車旅館，要說是兇手絕對合理，可是她有必要自己動手嗎？還有，她一個六十幾歲的女人真可能扳倒兩個年輕人還布置成這樣？

「牙齒二十八顆，左側下排第一臼齒和右側第三臼齒為義齒冠。手腳指甲一共二十枚，左側腎臟一顆。」法醫說著，旁邊的助手則填上表單。

「左側？」袁俊孝眉頭緊鎖。

「對啊，不然是哪邊？」法醫拿筆指著趙晶的腹部。

袁俊孝沒有回答，而是翻閱自己的筆記，確認了倪軍啟跟林志忠都是右側腎臟被摘除……袁俊孝又翻到周森青畫的那四扇窗戶，看著上面的天使與惡魔。他在心裡咒罵一聲，難以想像答案從一開始就在眼前。他掏出手機回撥剛剛打給他的下屬。

「我是袁隊，你說五屍案的家屬都報案小孩失蹤是不是？」

「對啊，程組長已經到了，江海會的大小姐也來了，現在吵很兇。」

「是四個還是五個？」

「啊？」

「有幾個小孩不見？趙慶二的家屬沒有報警對不對？」

「啊……你怎麼知道？是另外四名死者的家屬報警，趙慶二沒有。袁隊抱歉，一次來這麼多件我有點亂掉了。」

「知道了，謝謝。」

袁俊孝又迅速撥出另一通電話。

「鑑識組？我是袁隊，現在幫我確認五屍案現場的嗎啡、K他命和腎上腺素如果全都注射的話，會不會超過成年人致死劑量。」

「嗯……你等我一下……」電話那頭顯然對這個問題感到很疑惑。

袁俊孝不斷彈得手指頭啪啪作響，他感到自己心跳越來越快，時間卻越來越慢。

「袁隊，沒超過。當然要看年齡、體質和過不過敏，可是以死者來說，差不多在致死邊緣，這肯定是算過的。」

「果然……謝謝。」

袁俊孝掛掉電話撥給程景白，但響了十幾聲都沒有接通，顯然正忙著對付家屬。他跟那些警察打了個招呼後，立刻往旅館外面跑去，同時撥電話給閻良，但依舊沒人回應。他一連撥出三四通都一樣，直到最後一通才響兩聲就被掛斷，之後就直接關機了。

嘖……，事情恐怕跟他想得一樣。他看著手機，似乎想到什麼。他開始回憶閻良的姓名英文拼音，當初是他幫媽媽和閻良設定手機的，那時候為了怕忘記他都是用姓名拼音當帳號，密碼就更簡單了，通通都是生日。他按錯好幾次，最後終於大力呼出一口氣，他的手機登入閻良的帳號了。他找了好久才找到他從來沒用過的裝置定位功能，按下去後他無聲地祈禱。小小的螢幕上跳出一個地圖，定位範圍一開始相當大，害他心涼了一下，所幸那範圍不斷縮小，最後只剩一個街區大小，那裡是K市工業區。

袁俊孝打開車門、發動汽車，再次撥給程景白，自己的主管還是沒接電話，他沒有掛掉而是繼續等待，最後手機嗶一聲。

「組長，我們都錯了，兇手重點根本不是殺人。倪軍啟會那樣自殘是因為那是兇手指定的，妓女講出規則，然後玻璃上的天使和惡魔是一種……換算表，兇手要他們拿自己的身體來換自己小孩的命。就算他們沒有自殘活下來也會被媒體說成是不顧自己小孩死活的人渣，那是人格謀殺。所以不管怎樣只要死者進了房間目的就達到了，殺不殺人根本不是兇手的重點。還有，趙慶二有鬼，趙晶絕對不是被王敬殺的。現在重點是閻良跟周森青，他們一定出事了，我剛定位出他手機的位置，現在要追過去，看狀況我跟你回報。」

袁俊孝掛掉電話，用力踩下油門。

＊＊＊

那是一種棍棒在地上敲擊的聲音，閻良似乎在哪邊聽過但忘記了，想到這邊他才發現自己又昏過去了。他用力甩頭，卻只讓頭更暈。突然眼前又是一片白，顯然燈又被打開了，開門的嘎吱聲再次灌入他耳中，他下意識想遮住耳朵但只換來手腕的刺痛。那個敲地的聲音變大聲了，顯然那人走進房間了，最後聲音在閻良附近消失。

「給我看他的臉。」一個年老男性的聲音傳來，相當沙啞。

周森青發出一連串的呻吟，似乎非常疼痛。閻良總算把頭抬起來，他看到一個肥胖臃腫的男人撐著枴杖站在周森青前面，而一名壯碩的男人抓住周森青所剩不多的頭髮，像抓幼犬一樣將他的臉對著肥胖男人。

「就是他半夜看到我，處理掉。」肥胖男人聳了聳鼻翼，像是看到死掉的老鼠一樣。

「靠……，趙、趙慶二？你沒……死的人是你司機？」閻良忍痛一字一字說出來。

「也把他處理掉，地點要分開。」趙慶二斜眼看閻良。

突然閻良大笑，笑到連口水都流到嘴角了。

「幹，你笑啥。」壯男甩了閻良一巴掌。

「媽的我知道為什麼死的人是你司機了。」閻良又是一陣笑。「這種召妓的應酬你都帶趙慶二幫你代打是不是？」

「讓他閉嘴。」趙慶二揉著胸口，惡狠狠地瞪視閻良。

「你怕被妓女私下傳你硬不起來，所以都找吳佳志幫你上那些妓女對吧？你們兩個還真他媽的一樣又肥又醜，那天我在一樓聽到拐杖的聲音就是你，你跟吳佳志換房間是不是＊＊＊」

壯男一腳踹向閻良的肚子。

「處理好你搭另一台車走。」趙慶二說。

「知道。」

「你上去換房間……結果你看到他喝石榴汁死了對吧？你就把面具戴在吳佳志臉上拖時間，然後開車走。你很久沒開車了，嗯？所以你才會像死菜鳥一樣貼著方向盤……媽的，你這個硬不起來的……」

「現在把他給宰了。」趙慶二多層的下巴不斷顫抖。

「抱歉，老闆說話了。」壯漢從夾克裡抽出一把刀。

「現在，快！」趙慶二大吼。

突然轟鳴一聲巨響，就像是有雷直接打進地下室一樣。

「幹，槍聲。」壯男大喊，衝過去把電燈關掉。

趙慶二立刻往房間角落裡面跑，房間變得一片黑暗。房間外燈光閃爍，顯然有人拿著手電筒靠近。

「門邊有人！門邊有人！」閻良大喊。

「幹你＊＊＊」

壯男罵到一半門外的閃光就沒了，一切突然回歸平靜，突然有個人影衝進房間，那人似乎拿某種硬物狠狠砸在壯男頭上。兩人扭打在一起，閻良拚死扭動自己的手卻無法掙脫，不久地黑暗中有個重物落地的聲音傳來。

「閻良？周森青？」袁俊孝一邊喘氣。

「媽的，你怎麼知道我在這裡？」

門口方向大放光明，袁俊孝拿著手電筒四處照著。實在太過刺眼，閻良反射性地把眼睛移開但他眼角卻看到了什麼。那是……人？

「有人！你後面有人！」閻良大喊。

時間像是變慢一樣，袁俊孝的手電筒自空中落下，著地之後在地板上彈跳，映著整個空間不斷閃爍。就在那無數道白光之中，閻良看見袁俊孝倒在地上，臉部著地，之後再也沒有動靜。

「趙慶二，以後抓人手機先處理掉。」熟悉的聲音響起。

「我老婆說的警察就是你？」趙慶二邊喘氣邊問。

啪地一聲又有人打開電燈開關，閻良忍住刺眼光線看過去。程景白就站在門口，手上拿一把槍。

「幹！你這隻警察狗。」閻良大喊。

程景白沒有說話，甚至沒有看閻良，他就只是走過去，狠狠踹閻良的臉。這一腳讓閻良咬裂舌頭，嘴裡不斷流出鮮血。

「還有，下次要我放人就早點講，如果我跟法官申請收押，想放都放不了了。」

「靠，我都付錢了你還把問題丟給我？」趙慶二拄著拐杖走出來。

「我是收你老婆的錢不是你。現在跟我說，王敬跟趙晶是不是你殺的？」

「媽的，趙晶那死小孩想殺我，我不先殺她難道等她再來啊？」

「殺就殺你幹嘛瞞你老婆？她跟你去了汽車旅館你知道嗎？監視器都錄到了，我很不好做。」

「靠夭，你二線三星欸，搞個監視器也不會？」
程景白嘆氣，戴上手套把袁俊孝的槍撿起來。
「你，是不是叫龔月霞假裝你司機的屍體是你？」程景白問。
「不然咧？」
「你們這些外行，以後可以跟我講需求我來安排嗎？我前天晚上還幫你老婆搞林志忠的屍體。他媽的很累了。」
「靠，他是法師欸。玉神蓮仙宗就是玩犧牲的題材，如果媒體報導他連自己孫子都不救，只會吸毒吸到死，這個宗教要虧多少錢才救得回來？我的錢欸！」
程景白沒有理會他，四處看了看然後指著閻良。「他的手機呢？」
「他身上。」趙慶二指著被袁俊孝擊昏的壯男。
程景白在壯男身上摸索，沒多久就掏出閻良的手機，他隨意丟到地上踩爛。
「你是好了沒，快把這幾個人都宰了，不然我來。」趙慶二從後腰掏出一把槍。
「你是開過槍？給我他媽的收好。」程景白向前跨一大步。「你知不知道現在狀況是怎樣？周森青抓了另外四個人的小孩，通通死了都沒差，偏偏裡面有倪軍啟的孫女，如果找不回來倪彤雲會把晶龍跟你老婆的邪教搞到垮掉。」
閻良聽到這裡不禁抬起頭來，他總算理解了。
「媽的，那快弄他啊！」趙慶二拿槍不斷對周森青比劃。

「我說過，收起來！」程景白大吼一聲走過去抓住趙慶二的槍，用力推向他的胸口。

趙慶二似乎被嚇到了，往後退一兩步。周森青現在還是躺在地上動也不動，程景白撿起袁俊孝的槍，然後蹲下來拿槍瞄準閻良，然後又把槍托塞進袁俊孝手裡。

「他……沒看到你啊！放過他！」閻良嘴裡不斷噴出血沫。

「他是很好的屬下，可惜了。」

「拜託，我求你！我不會講……拜託。」

趙慶二站在旁邊發出刺耳的笑聲，好像眼前不過是齣喜劇。

「你腦袋是有問題是不是？」程景白皺眉。「他媽是你繼母吧？為什麼戶籍沒登記？你爸跟他媽最後沒結婚？」

閻良死死地瞪著程景白，牙齒咬得都快裂開了。

「你爸死掉之後，他媽就把所有資源都放在他身上對吧？連你打工賺的錢都給他花。現在他都快升分隊長了，你還在開計程車搞詐騙，然後母子再回過頭來嫌你沒前途不孝順？」程景白冷笑。「他媽就連自己心臟出問題了也捨不得讓她親兒子煩惱，只叫你回來想辦法。對這種女人你還要玩孝順遊戲啊？」

「幹……你、你他媽去哪聽來的……」

「唉，玉神蓮仙宗在醫院賺最多錢。T醫院怎麼可能沒插人進去騙？你媽的醫生就是那間的騙子頭。懂了嗎？根本沒什麼啥心臟可以換，都假的。」

閻良忘了眨眼、忘了呼吸、忘了生氣，他發現他的大腦無法理解這男人說出來的話，他只能緊緊咬住牙齒死死瞪著程景白，彷彿這樣就能對他造成傷害。

「講這麼多話幹嘛，快動手啊，快去把倪軍啟的孫子找出來。」趙慶二尖聲說。

程景白沒有理會趙慶二，而是將袁俊孝的槍塞到主人的手裡，然後繞到袁俊孝背後瞄準閻良。

「你有把握從周森青嘴裡問出來嗎？啊？」閻良大喊。

程景白沒有說話，專心地偽造他的謀殺。

「我知道小孩在哪裡。」

程景白手停了一下，抬頭看閻良但沒有說話。

「你派人去湖邊看那個工程了吧？我還看到其他東西，放過他們倆，我就跟你說。」

程景白站起來，瞇眼觀察他。

「媽的，你快講，不講宰了你！」趙慶二說。

「殺啊。」閻良吐出一口血痰。「你就祈禱周森青想得起來。如果倪軍啟孫子死了，你又沒死，嘿……」

趙慶二怒吼著衝向前甩閻良一巴掌，他還想再甩第二下，但被程景白抓住手。

「幹嘛？」趙慶二大叫。

程景白沒有理會他而是將他推開。

「在哪裡？」

「把我弟搬上我的車，我叫人來接他，我就帶你去。」

「把你的人叫下來。」程景白對趙慶二說。

他在袁俊孝旁邊蹲下來，找出手機後踩碎，不久門口走下來兩名壯漢。

「把這兩個人綁起來，他的車應該有開過來吧？」程景白問。

「在路邊。」一名壯漢說。

「這個搬到他的車上。」程景白用腳踢踢袁俊孝的腿。「老的搬到你們的車子裡面，動作快。」

那兩個人立刻動作，而程景白從昏倒的壯漢身上找出一把刀，兩三下割斷閻良身上的繩索。閻良拚命站起來，又吐出一口血痰，他摸摸腹部所幸沒有斷骨。

「走前面。」程景白拿袁俊孝的槍對他晃了晃。

閻良蹣跚地跟著前面那兩名壯漢，走廊非常昏暗，牆上到處都是巨大的管線，但全都覆蓋一層灰塵，可能是一座廢棄的工廠。走廊盡頭有個巨大的工程升降梯，其中一名壯漢按下開關，電梯立刻發出尖銳的金屬摩擦聲，震動好一會兒才載眾人往上升。

一樓全是還沒裝潢的水泥隔間，門、窗戶都還沒安裝，垃圾到處都是。雨還在下著，但小了許多。看樣子都下午了，閻良這才發現自己昏迷至少好幾個小時。一走到建築外面，他就看到自己的計程車停在外面，車頭凹了一個大洞。其中一名壯漢扯開車門，粗魯地將袁俊孝塞進去後座。

「我用無線電叫人過來，講完就走。」閻良說。

「不要動。」程景白打開車門拿起麥克風，閻良的計程車同行聊天聲立刻傳出，還伴隨不少靜電的雜訊。

程景白用槍口敲了敲閻良的太陽穴，再把麥克風交給閻良。閻良沒有躲開，他接過麥克風坐在駕駛座上。他對著麥克風說他載人到工業區結果困在泥地裡，需要另一台車支援脫困，過了一會兒離他最近的人答應說要開車來，閻良道謝後將麥克風放回去。

「出來，不要亂動。」程景白命令。

閻良點頭，但他突然開始劇烈咳嗽，唾液與血液混雜在一起不斷噴出。他整個人彎向副駕駛座不斷喘氣，同時在座椅底下抽出某個東西。

「出來。」程景白踹閻良一腳。

閻良轉過身子，慢慢把自己挪出駕駛座。程景白從頭到尾都拿槍對準他，然後又用槍口指了指前方的車子。閻良一拐一拐地走過去，門一打開就看到周森青倒在後座沒有反應。

「進去。」程景白將槍抵在閻良背上。

閻良忍痛硬把自己塞進去，透過擋風玻璃他看到趙慶二進入另一台車。

「說話。」程景白跳上車坐在閻良旁邊，手槍抵住他的腰部。

「先到發現蔡怡君屍體的海港。」

「為什麼？」

「現在湖跟海連動，我要問清楚潮汐時間。」

程景白盯著閻良的眼睛好幾秒，似乎在判斷是真是假，最後他拿起手機。

「我是程組長，人都先撤回警局，現在全員都要搜索周森青。嗯，別墅的人也是。」

程景白掛掉電話，拍拍駕駛座的椅背。

「出發。」

＊＊＊

工業區在郊區，離忘見湖並不算非常遠。不知道是駕駛速度快還是閻良慌張得要命，對他來說幾乎是一抬頭就看見忘見湖的樹林了，前面的路右轉後再幾分鐘就可以看到海港。時間不多了，他無聲地吸一口氣，然後彎腰咳嗽，右手同時從口袋裡抽出那閃亮的東西，他拉長外套袖子假裝摀住口鼻，趁機將那東西藏到袖子裡。

程景白瞪了他一眼，但沒有說話，槍依舊抵住閻良的腹部。閻良靠在椅背上重重呼氣，手則在那東西上面按著。他又咳嗽一聲，手捏住自己喉嚨。

「你不……」閻良用力吞口水。「打給倪彤雲說我們現在要到忘見湖別墅？我知道她電話……」閻良快速說出倪彤雲留給她的號碼。

「說啥屁話？要到別墅還是海港？」

「先到海港。」

「只要亂來，你弟就不用活了。」

閻良心跳快到他難以呼吸，更遑論說話了。他又彎腰咳嗽，但這次是真的，他咳出不少帶血的口水。他將那東西推出袖子外，努力讓視線聚焦在上面，然後失望地嘆氣。

「你真的不……打給倪彤雲說我們要去別墅，她電話……」

閻良又快速地說出倪彤雲的電話號碼，程景白狠狠用槍托砸向他的臉頰當作回應，閻良感到左側臼齒鬆脫了，但他瞄一眼那東西後卻想大笑，語音輸入成功了。

「在前面那邊停下來，大招牌那裡。」

「我問，你閉嘴。」程景白拍了拍駕駛的肩膀。「有狀況就開走，不用等我指令。」

駕駛沒有說話，只是比出大拇指。那間店門擺滿各種海鮮，裡面出奇的還有一台咖啡機。一名女人走出來，滿臉疑惑。

「跟你請教一下潮汐的時間。」程景白降下車窗。

「哦，現在開始退潮了啊，要幹嘛？」

「叫他老闆出來，我要問的她不懂。」閻良說。

「可以請你老闆出來？」程景白問。

「哦……」

過不久一名男人走出來，頭還戴著宮廟送的帽子。

「你們是要問釣點是不是？跟你們講，前幾天這裡才出一個死人，敢的話隨便釣都大尾啦……欸？」

閻良突然整個人越過程景白，右手伸出車外用力拍打車門。

「幹，我來問漲退潮時間，你是他媽的不會說幾點是不是？」閻良大吼，又用力拍打車門。

「阿……」那名男人皺眉。「十點開始漲潮、四點開始退潮。」

「幹，不會早講哦，走！」

汽車引擎立刻發出一陣轟鳴離去，程景白用槍托對閻良的臉又是一記猛砸。店門口的男人當然聽不到閻良的呻吟聲，他雙眉緊緊糾纏在一起，彎腰撿起閻良拍打車門時掉下的東西。

＊＊＊

天色開始黑了，沒有路燈的林間小路頗為陰暗，所幸雨勢越變越小。林間的別墅跟前天看到時一模一樣，難以想像已經死了六條人命。兩台車在別墅門口停下來，趙慶二率先衝出車門。

「他媽的快講到底是在哪裡！」趙慶二大喊。

閻良沒有理他，而是往別墅走去。程景白持槍跟在後面。一行人走上樓梯，經過二樓宴會廳，到了三樓。空氣中還是飄著淡淡的銹鐵味，五個房間門全都關上了，好像什麼事情都沒發生過一樣。閻良其實不知道要到哪一間，他走向正中間那扇門，夕陽金黃色的光輝透過雨雲映照在窗上，讓房間覆蓋上一層暖黃色，乍看之下非常溫馨。閻良走到窗邊，湖面很平靜，上頭嬝繞著些許白霧。

「現在幾點？」閻良問。

「六點。」程景白又晃晃槍。

「等退潮。」

「你說啥屁話？倪軍啟的孫子死不得啊！到底在哪裡？」趙慶二又摸出的槍抵住閻良的頭。

「我只知道在那裡。」閻良敲敲玻璃。「確定位置我不知道，你只能等退潮，他媽的懂了沒？」他懶得理會趙慶二，隨便拉張椅子坐下。

「我等到天黑。」程景白說。

閻良沒有聽到程景白說的話，他身體痛得要命，但他不知道為什麼很享受眼前的景色。他以前很常來釣魚，但從來沒有這樣看過忘見湖。事實上，他從來沒有像這樣了無牽掛地等過。小時候等父親回家，父親死後等自己長大離開家，離開家後等未來自己的家。就像釣魚下餌的時候，總是等著魚上鉤，同時也等著魚不上鉤的失落。現在他一樣等著，但不論有沒有等到，一切大概就要結束了。

天色暗很快，太陽幾乎快看不到了，藉著僅存的霞光可以看見湖面依舊平整，跟閻良想的一樣，退潮速度不夠快，什麼都看不到。他站起來，走到昏迷的周森青旁邊搖搖他，不久周森青眼睛微微睜開。

「開關在哪裡？」閻良問。

「啊……什麼開關？」

「王敬沒有說謊，他真得有看到光……對吧？湖面上？」

周森青雙手抱頭髮出呻吟，牙齒緊咬似乎很痛苦。

「快！快給我講！」趙慶二用槍抵住周森青的頭，而這讓周森青身體抖得更厲害。

「他媽的垃圾。」閻良用力抓住趙慶二的手。

「程景白！」趙慶二想甩開閻良的手卻甩不開。

閻良盯著程景白，對方沒有回應，只是慢慢把槍舉高瞄準閻良。

「快吧。」程景白說。

頓時一夥人陷入僵持，整個房間變得安靜無比，閻良可以清楚聽見自己的心跳聲。突然周森青跳起來，跑向床的方向。房間無預警爆出一聲巨響，簡直就像一道落雷打在腳邊一樣，那瞬間閻良心跳幾乎停了。床頭櫃上的花瓶瞬間粉碎，周森青摔倒在床邊，而趙慶二的槍口冒著煙。

閻良一拳狠狠打在趙慶二那肥胖的臉上，然後跑向周森青。

「再一步我就開槍！」程景白大吼。

閻良停下腳步，回頭看著程景白，面無表情。他慢慢抬起右腳，然後用盡全力往地板踹出一步，房間登時咚了一聲，接著他直接轉頭走向周森青。程景白皺眉，食指穿進槍的護弓押住扳機。突然又是一聲巨響自程景白身後傳來，害得他全身一震差點扣下扳機。

「趙慶二，他媽的把槍給我＊＊＊」程景白大吼但卻被一個女性的聲音打斷。

「槍放下。」倪彤雲站在門邊，好幾名黑衣人站在她身後，其中一人手上的槍正在冒煙。

「倪小姐，妳在這裡做什麼？殺你父親的兇手找到了。」程景白用槍指著倒地的周森青。

「就是他。」

「放下。」倪彤雲說。

程景白盯著倪彤雲沒有動作，其他黑衣人見狀全都站到倪彤雲前面，舉槍瞄準程景白，程景白過好一會兒才把槍放下。

「這不是趙總嗎？你不是死了？」倪彤雲走進房間。

「妳……誤會大了。有人要殺我，我當然躲起來。」趙慶二的手放在背上。

「哦，所以你是被害人？」

「對，嘿……我是被害人。」趙慶二賊笑。「兇手是那個老人。喂！程景白。」

「我刻意隱瞞趙慶二還活著，就是為了要把趙晶釣出來，一切都沒有問題，妳不要誤會。」

程景白把槍丟到地上，然後雙手舉高走向趙慶二。「有證據可以證明周森青是兇手，交給警方就好。」

「那我外甥女在哪裡？」

「讓我問他，我們來這邊就是要救那些小孩。」

「哦？」倪彤雲走到程景白面前，從口袋裡掏出一支陳舊的手機。「那為什麼閻良要靠這種方法來聯絡我？」

程景白臉沉下來，對著那支手機冷笑。「媽的，你弟追蹤的是這一支是不是？你放在哪？」

閻良沒有回答，而是檢查周森青的身體，所幸趙慶二沒有擊中他，可能只讓他嚇昏過去。

「他受傷了？」倪彤雲轉頭問。

那瞬間趙慶二舉高持槍的手，程景白接過來把槍抵在倪彤雲頭上，另一手押住她的喉嚨。

「都不要動！」程景白大吼。

那些黑衣人同一時間舉高槍，但沒人敢往前動一步。

「你想把你外甥女找出來，然後回去當妳的江海會老大，還是死在＊＊＊」程景白說。

「啊……啊！」

周森青甩開閻良的手，大吼著直直朝程景白衝撞過去。槍聲響了，閻良看見霧似的血噴向地板，周森青撞開程景白，死死地將他壓在地上，而周森青衣服有個血痕慢慢往外擴散。倪彤雲的手下衝上去，兩三下就把程景白制住。

「快叫救護車！」閻良大喊。

他跟倪彤雲跪在周森青旁邊，這名老人用迷茫的眼神看著倪彤雲，又好像是在看著門上的少女肖像畫。周森青嘴角不斷冒出血沫，接著出乎所有人的意料，這名老人站起來，搖搖晃晃地走向床頭櫃。

閻良不敢拉住他，只好扶著他前進。周森青的素描本落在花瓶碎片之中，但他卻直接走過去，抓住床頭櫃似乎想推開。櫃子不重，閻良稍微用力就推開了，後方的牆上鑲嵌著一個金屬箱。周森青打開箱子，裡頭有四個開關，每個上面都有一個印著刻度的圓盤，看起來就像是計時器，他一個個按下後就像斷線風箏一樣倒去。閻良接住他，將他放到地上然後緊緊壓住傷口他腹部的傷口。倪彤雲站在旁邊，不解地看著那名逐漸死去的老人。

「因為妳長得很像他女兒。」閻良說。

「我……」

老人看著地上的素描本居然又露出微笑，那幅畫幾乎快完成了，三個人在畫中間開懷大笑。中間那名少女很是美麗，周森青就站在旁邊靦腆地微笑，站在另一邊的是個年紀稍長的女人，應該就是他剛過世不久的妻子，不知道為什麼閻良覺得那名女人的臉很是眼熟。

有人叫了倪彤雲，他的人指著窗外，她不用問就知道他們的意思。湖面上出現四個等距離的光球，簡直就像是四朵在夜雨之中盛開的白花。因為退潮的關係，原本在水位下的橋墩裸露出水面，而四盞燈就分別裝置在上面，再仔細看就會發現橋墩上方似乎有玻璃在反射光芒，簡直就像是個展示櫃，雖然看不清楚，但裡面似乎有……

「人在裡面，你們立刻下去看。」倪彤雲指著另一人。「你去找人來，警察、消防隊都好，通通叫來，快。」

除了押住程景白和趙慶二的人，其他黑衣人收到命令全都散去了。閻良還壓著周森青的傷口，但這名老人卻拉開他的手。

「你不是我兒子。」

「我……」閻良吞了吞口水。「為什麼你二十年後才……」

「五年前地震我回來……」周森青又流出了滿口血。「全部都倒了……死很多人。有人在地基找到一具白骨，脖子上……有我女兒的項鍊。」

倪彤雲走過來默默地聽。

「她被人埋……地基下面，骨盆裡……」周森青哽咽。「還有另一具骨骸，很小很小……」

閻良一聽握緊拳頭，指節翻白。

「她的右側肋骨有切痕……我問過人，如果不是動手術就是……腎臟被……我問過晶龍的董事長，他快死了……就跟我說真話。他綁架我女兒只是警告，但那四個……該死的人強姦我女兒，怕驗ＤＮＡ所以不敢放掉……就留下來繼續輪姦……」周森青嘔吐好幾下，眼淚、鼻水和血液全混雜在一起。「胎兒骨頭成型要半年啊……」

「這就是……為什麼嬰兒的臉都沒有畫出來，因為你根本不知道長怎樣……」閻良看著門上的肖像。「還有玻璃圖案上，動刀的天使代表他們的良知對吧？良知驅使他們自殘，被摘除器官的惡魔就是他們自己。只要自殘，小孩子就能活下來，所以再由身為惡魔的他們把器官放入胚胎中。胚胎象徵他們自己的小孩，器官就是他們生存的機會……對吧？」

「如果我外甥女有任何狀況……」倪彤雲握拳。

「小孩子不會怎樣。」閻良揮手大聲說。「就連那四名妓女也安裝監視器來證明她們不是兇手，他……他根本就不會傷害那些小孩子，他就是想替他女兒復仇而已。」

「那他為什麼不把小孩接走？」

「因為蔡怡君死了，她是負責接送小孩的，對吧？」閻良凝視周森青。

周森青點頭，血液從嘴角滲出。

「趙晶……她想趁這個機會謀殺趙慶二，所以他多找妓女來，又準備這間房和摻了卡維地洛的石榴汁，然後要王敬來確保他真的有死……可是趙晶為什麼會知道你的計劃？」

「我逼他父親幫我報仇……他同意了。是因為快死了還是愧疚……我不知道。」周森青冷笑。「資金和這棟別墅都是……七、八個月前他知道自己時間不多了，就叫他女兒接手。」周森青看著落地窗，外面那四道盞燈恰好點亮了玻璃下方的四個人型。

「如果你只想殺四個人，那這房間……是你自己的？你就是向神申冤的第五印？你要在這裡看著他們死，所以那四盞燈的開關才在這裡，蔡怡君說要打掃三樓也是為了要先設定好？」

周森青眼神沒有否定。

「你半年前接觸蔡怡君，就是要她幫忙綁架小孩，然後來這裡把消息放給她那些邪教朋友對吧？這就是為什麼你根本不在乎他們有沒有死，這就是為什麼他們甚至可以毫髮無傷地離開這裡，因為只要進了房間，不是人死……就是人格死。」

「不是自殺就是棄自己子女於不顧的人渣……」倪彤雲喃喃自語。「你……到底是怎麼跟我爸說的？」

「湖水十點開始漲……時間到就會淹死，只要照規則走小孩就不會死……」

「你……」倪彤雲咬牙，但她看到那滲血的傷口後不由得嘆氣。「你把現場布置成那樣就是要我去找邪教報復？」

「不……我……」周森青搖頭皺眉，似乎自己也感到困惑。

他伸手摸著圖畫上他微笑的妻子，眼淚開始汩汩流出。他像是發現什麼，看了看四周撿起一個沾血的花瓶碎片，輕輕地用尖角在那名女人右眼下方點上一個紅點。周森青的動作非常輕，只有極度輕微的刮擦聲，而這在閻良心中比槍聲還要震撼。

「她……」閻良幾乎無法相信。

「為什麼妳要……為什麼要自己……」周森青摸著圖畫上她妻子的臉頰，眼淚不斷流出。

「天……」閻良倒吸一口氣。「一開始是你策畫的，但不是你動手的對不對？」閻良問。

周森青沒有回應，只是看著畫上的女人，那顆用血點上的淚痣暈開了，看起來就像眼淚。

「你沒有跟你太太說你發現女兒屍體，而是獨自計畫復仇。結果你得了阿茲海默症……你太太發現計畫，自己繼續執行，還把現場儀式化，讓江海會找玉神蓮仙宗報復……所以妓女那邊是你太太去……她要接機但她沒有去，因為她那時候已經過世了……」

倪彤雲睜大眼睛，似乎難以相信。

「為什麼要包我的車？只是隨便找的嗎……」閻良抬頭。

「你沒看過……跟你繼母同房的病人……嗯？」

「啊……」閻良身體往後一癱。

「她說……就算要等兩個小時，你答應要載人就是會等……只要叫你的車，就算她走了，也不會擔心我到不了這裡，親眼看那四個人……」周森青微笑，嘴角不斷湧出鮮血。「你繼母很常提到你，她說她不知道怎麼跟你相處，但你是個好兒子，只要答應就會做到……這是真的……」

「不是……我不是……我只是要……」闍良幾乎喘不過氣。

「我的……心臟就……」

「我只是要……騙你的錢啊……」

周森青沒有回答，他眼睛睜得很開，但什麼都看不到了。闍良看著他那雙沾滿周森青鮮血的手，頹然坐在地上。之後一直到器官移植團隊搭直升機趕來，一直到他弟弟把他拉起來前，他都看著周森青畫的那幅畫，看著那眼淚似的血滴，看著那被抹滅掉的幸福。

＊＊＊

「你很不會開車。」闍良坐在副駕駛座偷瞄袁俊孝。

「這是你第幾次坐警車？」袁俊孝問。

「干你屁事。」闍良口氣很差但嘴角卻不自覺向上。

接獲通報的時候是中午，但他們抵達時已經是傍晚了。現場停著好幾台大型拆除機具，上面的鐵球不斷晃動，四處都有強光燈照亮拆除到一半的別墅。

「袁隊，要走一段哦。」跑過來的警察說。好一陣子沒下雨了，泥地不算太難走。帶頭的警察拿手電筒走在前面，四處都是雜草與落葉，他們就這樣走了十幾分鐘。前方樹林裡閃爍白光，走近才發現那是另一名警察拿手電筒站著。那邊似乎是個露營地點，但用磚頭圍成的小爐子已經破敗不堪。

「隊長，這個。」留守的警察指著地上。

跟閻良想的一樣，是那個他再熟悉不過的旅行袋。

「裡面有八百萬現金和三個金屬骨灰罈，一個非常小，不確定是誰的。」

袁俊孝用眼神詢問閻良，而閻良點點頭。

「他們應該很喜歡來這裡露營，我在他家看過照片，整座湖跟海都看得到。」閻良轉身望著湖。「那天周大哥應該就是跑到這裡……哦？」

「怎麼？」袁俊孝轉頭。「咦……你那天看到的就是這個？」

「嗯……反射的應該是別墅那邊的光吧……」

原來不知何時天色全暗了，無光害的忘見湖夜空竟佈滿了璀璨繁星，而好幾道澄黃色的光柱就在星海之中閃爍，邊緣還散發虹光。雖然之後有專家解釋忘見湖的聖光不過是光柱現象，也就是當雲層中不同高度的冰晶反射地面強光而產生的光暈，沒什麼好特別的。但即便如此，閻良還是不由得讚嘆眼前的美景。

「我那時候還以為你喝醉了。」袁俊孝說。

闔良笑了一聲沒有回答，一行人開始往山下走去。

「很難想像他們的大奇蹟就是忘見湖恢復水位，對吧？晶龍這次賠錢賠慘了，搞不好還會倒閉。只是玉神蓮仙宗，信徒好像還更多了。」

「一堆瘋子。」闔良說。

他們走到山下，闔良又看了那四道光柱好一會兒才上警車。

「等阿伯的葬禮好了之後，我們看能不能申請讓他們一家人葬在這裡吧？」闔良說。

「一定。」

袁俊孝發動警車，前方的工地似乎下工了，工程燈一盞盞關上，而天空中的光柱也消失無蹤。

「所以……周大哥跟他太太把自己比喻為第五印……對吧？」

「嗯，第五印的經文有提到靈魂向神請求審判和伸冤，應該就是指他們。」

「可是……」袁俊孝拿出手機。「『經文這邊又寫要他們『安息片時，等著一同作僕人的和他們的弟兄也像他們被殺，滿足了數目。』，周大哥跟他太太的確都過世了，這樣數目就算滿足了？」

「那誰要幫他們伸冤？韓長利、劉豐司、倪軍啟、林志忠是都死了，倪彤雲應該會帶領江海會轉型，可是玉神蓮仙宗一樣在招搖撞騙，龔月霞一樣在賺她的黑心錢，就連那該死的趙慶二也跟晶龍脫離關係了。」闔良握緊拳頭。

「嗯……當初晶龍可以開發忘見湖，就是這個邪教資助的，就連我組……程景白也是他們的人。沒想到當初周大哥女兒的失蹤案就是他查的，難怪他可以這麼快就猜出來窗戶圖案的意義。還有我就覺得奇怪，為什麼他要案發當天就對外宣布是謀殺。」

「龔月霞命令他的，對吧？」

「嗯，她絕對不能讓風向導向是他們仙宗還是玉神殺人，再說了，大奇蹟也根本不是什麼聖光或者制裁，是那什麼水位恢復。」袁俊孝搖頭。

「若不是周大哥，就算晶龍不能重新開發忘見湖，玉神蓮仙宗肯定也能騙到更多信徒。」閻良嘆氣。

「好險他有發現趙慶二靠別墅建案來偷渡機具，還利用這點來佈局。只是趙慶二……居然把海跟湖給打通了，到底是多麼自私的人才可以……」

「他們會有報應的。」就連閻良自己也知道這句話有多虛。

袁俊孝搖頭嘆氣，專心開車。

「那些要怎麼處理？」閻良指著後座的旅行袋。

「充公啊，周大哥沒有法定繼承人。」

「嗯……」

「幹嘛？別亂想啊。」

「靠，想啥？」

「其實，那八百萬只是一小部分。」

「哦？」

「我們查過金流了，別墅開始建的時候，晶龍董事長給周大哥不少錢，只是大部分都不知道去哪了。」

「查不到下一手匯給誰嗎？」

「不是，是很大一部分都領成現金了。我猜……可能是要買毒品和那些工具的吧？」

「現金……」閻良皺眉。

「或者是周大哥怕晶龍董事長反悔，領出來的話……出事了就算帳戶被凍結，還是有現金可以繼續計畫吧？」

「嗯，五年……很長。」閻良點頭。

車內再次陷入沉默，快到市區時，袁俊孝的手機響了，是他設定好的提醒通知。

「欸，別忘了今天晚上可以去看媽，狀況都穩定了，新的醫生說周大哥的心臟跟媽配合很好。」袁俊孝微笑。

「嗯……」閻良低頭思考。「不過我會晚點到，你帶我去領車，早上就修好了。」

「你要幹嘛？」

「有人包我車還沒付錢。」

「別給我亂來，違法我照抓。」

閻良大笑，拍了拍自己弟弟的肩膀。「好好開車。」

＊＊＊

一台計程車在一排又一排的租借倉庫外停下，車上走下一名警察，他跟管理員說了一些話，然後從管理員手中接過一把鑰匙，走進倉庫群深處。

他在某個倉庫前停下來，核對號碼後轉動鑰匙，鐵捲門嘩地一聲打開。那名警察在黑暗中摸索一陣才找到開關，瞬間倉庫內大放光明。雖然他早有預期，但還是倒吸了一口氣。

中央有個桌子，上面擺滿一疊又一疊的現鈔，仔細看甚至連地上也是。牆邊有兩三個未完成的金屬籠和椅子，跟死亡現場的一模一樣。桌子上還有一個透明的防潮箱和紙箱，裡面塞滿各種顏色的藥丸、膠囊和玻璃藥罐，大量針筒則一個個用膠膜封好放在旁邊。那名警察打開紙箱，裡面全是各種閃亮亮的手術刀、鉗子……等各種工具。箱子旁邊有一本翻開的書，上面密密麻麻全部都是字，他拿起來讀了一會兒。

「揭開第六印的時候，我又看見大地震動……」警察喃喃自語。「地上的君王、臣宰、將軍、富戶……向山和巖石說：『倒在我們身上吧！把我們藏起來，躲避坐寶座者的面目和羔羊的忿怒；因為他們忿怒的大日到了，誰能站得住呢？』」

那名警察讚嘆地笑了，他往後翻了很久，終於在第八章找到了第七印。讀完後，他知道他不是第七印，但他希望經文內容能在那些人身上實現。他將那本厚書放下，拿起一捆千元鈔抽出三張塞進口袋，又從自己皮夾拿出一張五百元塞進那捆鈔票裡面。他在倉庫後面找到一個黑色大袋子，然後大手一揮把所有鈔票全掃進去。他把袋子綁好，又看了那本厚書一眼，他輕輕地把書闔上，背起袋子走出倉庫。

＊＊＊

一台計程車在法院前面停下，一個穿著西裝、意氣風發的人打開後車門。

「靠，嚇到我了，今天幹嘛？」那人還沒坐好，屁股就懸在空中看著司機。

「今天最後一次開車。」司機說。

「啊？」

「你是我最後一個乘客啦。」

「你要去當警察哦？你知道……要考試才可以當吧？」律師一個字一個字慢慢講，好像怕對方聽不懂一樣。

「靠，誰說穿警察制服就是要當警察？」

「那你穿警察制服要幹嘛？」

律師坐下來，扯著司機衣服上的臂章，司機不耐煩地甩開手。

「欸，說真的，怎要才告得倒一個邪教？」

「聘我的話有錢就好。」律師說。
駕駛從副駕駛座拿起一個大袋子丟到後座。
「這啥？」
律師打開袋子，雙眼登時睜得老開。
「快點，我還要回家。」閻良不耐煩地說。

（全文完）

【後記】

《七鐘湮滅・騎士之死》是我首次嘗試寫作的推理小說。先前多半是閱讀奇幻小說，並無閱讀推理小說的嗜好。動筆前讀了十餘本日本與美國大師的傑作，瞬間便被推理小說環環相扣的因果關係、邏輯給震撼了。在我有限的閱讀經驗中，尤以綾辻行人的《殺人十角館》最為驚豔。

讚嘆之餘，竟發現這是該位大師的處女作。儘管自己不是天才，但這給了我些許勇氣，因而投了第六屆島田莊司獎（金車主辦）。雖僥倖獲得優選獎，但自己明白水準遠遠不夠。即便如此，秀威資訊齊安編輯仍願意為其出版，身為新手作家，我只能繼續寫才能對得起這份幸運。

剛開始動筆時，總認為推理小說首重詭計，要以讀者不猜出兇手為優先，因此是以「問號」為前提。例如一群人過夜後，隔天一早死狀悽慘，調查後竟發現全是自殺？有沒有可能兇手在案發前就已死去、也就是謀殺是在沒有兇手的狀況下進行的？兇手可不可能根本不在意被害人是否會死、甚至目標大可以毫髮無傷的離開密室？

或許詭計因而變得複雜，但忙著補足、說明詭計而限制了人物發展，遠不及島田莊司大師筆下吉敷、御手洗……等有血有肉的角色。我想金庸大師說得沒錯，不管什麼小說，講的都是人的故事，就連設定滿滿的硬核科幻《三體》都有邏輯這號令人心酸又敬佩的角色了，通常以現代為舞台的推理小說應該更好發揮才對。這對我來說是極為寶貴的寫作經驗，也是寫下這本小說給我最大的收穫。

叩叩

要推理71　PG2368

要有光 FIAT LUX

七鐘湮滅．騎士之死

作　　者　　叩　叩
責任編輯　　喬齊安
圖文排版　　周怡辰
封面設計　　王嵩賀

出版策劃　　要有光
發 行 人　　宋政坤
法律顧問　　毛國樑　律師
印製發行　　秀威資訊科技股份有限公司
114台北市內湖區瑞光路76巷65號1樓
電話：+886-2-2796-3638　傳真：+886-2-2796-1377
http://www.showwe.com.tw
劃撥帳號　　19563868　戶名：秀威資訊科技股份有限公司
讀者服務信箱：service@showwe.com.tw
展售門市　　國家書店（松江門市）
104台北市中山區松江路209號1樓
電話：+886-2-2518-0207　傳真：+886-2-2518-0778
網路訂購　　秀威網路書店：https://store.showwe.tw
國家網路書店：https://www.govbooks.com.tw
總 經 銷　　聯合發行股份有限公司
231新北市新店區寶橋路235巷6弄6號4F
電話：+886-2-2917-8022　傳真：+886-2-2915-6275

出版日期　　2019年12月　BOD一版
定　　價　　340元

Printed in Taiwan

國家圖書館出版品預行編目

七鐘湮滅.騎士之死 / 叩叩著. -- 一版. -- 臺北
市 : 要有光, 2019.12
面； 公分. -- (要推理 ; 71)
BOD版
ISBN 978-986-6992-36-0 (平裝)

863.57 108020755

讀者回函卡

感謝您購買本書，為提升服務品質，請填妥以下資料，將讀者回函卡直接寄回或傳真本公司，收到您的寶貴意見後，我們會收藏記錄及檢討，謝謝！
如您需要了解本公司最新出版書目、購書優惠或企劃活動，歡迎您上網查詢或下載相關資料：http:// www.showwe.com.tw

您購買的書名：________________________________

出生日期：__________年__________月__________日

學歷：□高中（含）以下　□大專　□研究所（含）以上

職業：□製造業　□金融業　□資訊業　□軍警　□傳播業　□自由業
　　　□服務業　□公務員　□教職　□學生　□家管　□其它______

購書地點：□網路書店　□實體書店　□書展　□郵購　□贈閱　□其他

您從何得知本書的消息？
　□網路書店　□實體書店　□網路搜尋　□電子報　□書訊　□雜誌
　□傳播媒體　□親友推薦　□網站推薦　□部落格　□其他__________

您對本書的評價：（請填代號　1.非常滿意　2.滿意　3.尚可　4.再改進）
　封面設計____　版面編排____　內容____　文／譯筆____　價格____

讀完書後您覺得：
　□很有收穫　□有收穫　□收穫不多　□沒收穫

對我們的建議：________________________________

____

____

____

請貼
郵票

11466
台北市內湖區瑞光路 76 巷 65 號 1 樓
秀威資訊科技股份有限公司 收
BOD 數位出版事業部

(請沿線對折寄回,謝謝!)

姓　　名:________________　年齡:________　性別:□女　□男

郵遞區號:□□□□□

地　　址:________________________________

聯絡電話:(日)________________(夜)________________

E-mail:________________________________